텀블러 장편소설
FUSION FANTASTIC STORY

현대
천마록

현대 천마록 7

텀블러 장편소설

초판 1쇄 찍은 날 § 2016년 12월 27일
초판 1쇄 펴낸 날 § 2017년 1월 3일

지은이 § 텀블러
펴낸이 § 서경석

편집책임 § 최지원

펴낸곳 § 도서출판 청어람
등록번호 § 제387-1999-000006호
등록일자 § 1999. 5. 31
어람번호 § 제1-2596호

주소 § 경기도 부천시 부일로 483번길 40 서경B/D 3F (우) 14640
전화 § 032-656-4452 팩스 § 032-656-4453
http://www.chungeoram.com
E-mail § chungeorambook@daum.net

ⓒ 텀블러, 2016

ISBN 979-11-04-91115-6 04810
ISBN 979-11-04-90912-2 (세트)

텀블러 장편소설

FUSION FANTASTIC STORY

현대 천마록 7

도서출판 청어람

차례

C O N T E N T S

제1장
지독한 인연

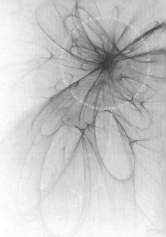

북한산 민간인 출입 통제구역 안.

휘이이이잉!

다소 황량한 바람이 불어오는 이곳은 벌써 10년 전에 민간인의 출입이 통제되어 지금까지 제1급 위험 구역으로 분류되어 있다.

대규모 토벌전이 벌어져 대한민국의 영토 대부분을 인간이 수복하긴 했지만 아직까지 몬스터의 창궐을 100% 막아낼 방법은 없었다.

그 때문에 북한산과 같이 몬스터의 출몰이 잦은 곳은 위험

구역으로 분류하여 통제하는 수밖에 없었다.

화수와 강유는 그런 북한산 꼭대기에 서서 서로를 노려보고 있었다.

"천하의 불한당이 군부의 수뇌부라니, 대한민국 육군도 볼 장 다 보았군."

"불한당이라… 너희 개방이 우리 명교에게 그런 소리를 지껄일 입장이던가?"

"…뭐라?"

천마라는 이름으로 무림을 일통시킨 화수는 자신이 무림의 일통을 이룬 궁극적인 이유에 대해서 설명하였다.

"당시 너희 정도무림맹은 사파인을 모두 마인으로 규정하여 척살령을 내렸다. 그 척살령에 동원된 황금만 천만 냥. 이 돈은 사파인들의 목을 치는 데 동원되었다. 하급 무사들의 목숨 값이 두 당 은 열 냥이던 것을 생각하면 실로 어마어마한 숫자의 사람이 죽었다고 볼 수 있다."

"하지만 그건 정의를 위한 타당한 처사였다!"

화수는 심장을 토해낼 듯 소리쳤다.

"개소리! 너희 무림맹은 자신들과 다른 길을 걷는 사람들을 모두 죽였다. 그것은 2차 세계대전의 나치나 일제와 별반 다를 것이 없다. 아니, 그보다 더 악독할 수도 있지."

"…지랄이군. 네놈은 지금 개지랄 같은 소리를 늘어놓고 있는 것이다."

"현실을 직시해라. 네놈들이 죽인 자들의 피가 계곡처럼 흘러 무림 전역을 초상집으로 만들어 버렸지. 그 과정에서 사파인들의 가족은 물론이요, 죄가 없는 사람들까지 싸잡아서 목이 떨어지곤 했다. 한데 알고 있나? 애초에 사파인들을 탄압한 것은 남궁세가의 계략이었다는 사실을."

"……?"

"남궁세가는 자신들이 조정의 실세가 되는 수단으로 정치가들의 청소부를 자처하였다. 그 과정에서 기득권의 정적들을 쳐내는 대대적 토벌전이 벌어졌지. 그것이 바로 마인 토벌전인 것이다."

강유는 고개를 저었다.

"개소리! 어디서 그런 말도 안 되는 헛소리를 듣고 와선……."

"내가 방금 현실을 직시하라고 했다. 나는 10만 마도인의 수장이었다. 설마하니 그런 내가 무림의 사정도 모르고 있었을까?"

"…아니, 네놈은 지금 개소리를 늘어놓고 있다!"

화수는 강유의 사부인 소회자에 대한 얘기를 꺼내 들었다.

"그래, 네놈이 나를 싫어하는 데엔 다 이유가 있겠지. 사부 소회자가 내 손에 죽어 나갔으니 말이다. 내 말이 틀렸나?"

"잘 아는군. 이런 빌어먹을 살인자 같으니!"

"그렇다면 소회자가 나에게 왜 죽었는지도 알고 있나?"

"……?"

"소회자는 무림맹 내에서도 사파의 무사와 그 가족들을 가장 많이 죽인 사람이다. 그가 명망이 높은 무인으로 자리매김할 수 있던 이유가 뭐라고 생각하나? 그만큼 손에 피를 많이 묻혔다는 소리지."

"지금 나의 사부를 욕보이려 하는 것이냐?!"

스스스스스!

강유의 몸에서 황색 진기가 피어나자 화수가 고개를 저었다.

"욕을 보인다… 내가 고작 네놈의 사부를 음해하고자 이런 소리를 하는 것 같은가? 그래, 네놈의 말처럼 내가 마인들의 수장이라고 치자. 그렇다고 해도 죽이면 그만인 놈 앞에서 사람을 음해할 정도로 치졸한 사람은 아니다."

"…그렇다고 내가 네놈의 말을 믿어 사부님을 스스로 욕보이라는 말이냐?"

"현실을 직시하라고 몇 번이고 말했다. 설마하니 개방의 방주였다는 놈이 네 사부의 행적에 대해서 모른다곤 말 못 할 것 아니냐?"

강유는 고개를 저었다.

"내 사부님의 행적은 내가 가장 잘 안다. 그분께선 결코 죽여선 안 될 사람을 죽인 적이 없어."

"그래, 네놈들이 볼 때엔 죽여야 할 사람들이었겠지. 하지만 죽는 사람들의 입장을 한 번이라도 생각해 봤나? 그들은 네놈들의 말처럼 악독하게 사람들을 수탈하고 괴롭힌 적이 한 번도 없었다. 그저 너희들과 다른 무공을 익힌다고 해서 그들이 악인으로 분류되어 가족들과 함께 학살을 당해야 하는가? 그게 너희들이 말하는 정의인가?"

"······."

사실 강유는 사부와 개방이 벌인 일에 대해 아예 모른다고 말할 수는 없었다.

하지만 그렇다고 해서 개방을 비롯한 구파일방이 학살만 저지른 것은 아니었다.

"사파 토벌전에서 죽은 마두들의 목이 무려 1천, 현상 수배범과 도적단의 머리가 3천도 넘게 달아났지. 이것은 전대미문의 업적이다. 당대 최고의 권력자인 황제조차 엄두도 내지 못한 일이란 말이다."

"그래, 분명 순기능도 있겠지. 하지만 네 사부가 죽은 것은 순기능 때문이 아니었다는 소리다. 네 사부는 잘못된 길에 들어섰기 때문에 죽은 것이다. 그의 첫 토벌전이 아무리 순수한 취지에서 시작된 것이라고 해도 그 끝이 좋지 못했어. 그래서 그가 목숨을 잃은 것이다. 알겠나?"

"……"

"나는 소회자가 원래부터 나쁜 사람이었다곤 생각하지 않았다. 그가 거리의 거지들을 거두어 먹이고 때론 고아들을 거두어 거리를 정화시킨 것, 그것은 분명 박수를 받아야 할 일이라고 생각한다. 하지만 그런 대단한 사람도 사족에 걸려 넘어질 때가 있다. 그는 워낙 강직한 사람이기 때문에 자신이 사족에 걸린 것도 모르고 살인을 하였다. 나는 그런 그를 직접 처내어 더 많은 살인을 막아낸 것이다."

강유는 지금까지 단 한 번도 사부가 나쁜 사람이라고 생각한 적은 없으나, 무림맹의 잔악무도한 살인 행위가 정당하다고 생각한 적도 없었다.

화수는 그런 그의 생각을 꼬집어내고 제대로 된 정의를 세우기 위해 검을 든 것이다.

그는 자신 역시 개방의 방주를 쳐 죽이고 스스로 무림 지존이 된 후에 허랑방탕한 생활을 했음을 시인했다.

"나 역시 네 사부와 같았다. 사파가 득세하는 것만이 위기에서 탈출하는 방법이라 믿었다. 그래서 스스로 무림 지존이 되기 위해서 수많은 사람을 죽였지. 그중에는 분명 무고한 이도 많았을 것이다. 하지만 내가 잘못된 길을 가고 있다고 깨달았을 때엔 너무 멀리 와버린 이후였다. 자괴감, 후회, 이런 감정들에 휩싸여 죽어가던 도중, 반위라는 진단을 받았다. 나는 그것이 하늘이 내린 천벌이라 여겼다. 그리고 그 죽음을 겸허히 받아들였지."

"……."

"내가 왜 이곳에서 목숨을 걸고 싸우고 있겠는가? 지금 현세의 내 가족들을 먹여 살리기 위함이기도 하나 내가 목숨을 걸고 싸우면 전생의 과오가 조금이나마 갚아질까 싶기 때문이다."

강유는 고개를 내저었다.

"그렇다고 해도 네놈은 나의 원수가 분명하다. 네가 아무리 지금 올바른 삶을 살아가고 있다고 해도 네가 나의 원수인 것은 변하지 않아."

"…끝까지 피를 보겠다는 뜻인가?"

"물론이다."

화수는 그에게 한 가지 제안을 했다.

"좋다, 그렇게까지 나와 겨루고 싶다면 한 가지 제안을 하지."

"……?"

"내공 없이 외공으로만 겨루는 것이 어떤가?"

강유가 어처구니없다는 듯이 말했다.

"내공 대결 없이 무슨 승패를 결정짓는단 말인가?"

"나도 내공 하나는 자신 있는 사람이다. 하지만 그렇게 되면 우리가 싸운 주변이 초토화되겠지. 그보다는 내공을 철저히 배제하고 주먹으로만 겨루는 편이 좋지 않겠나?"

화수의 얘기가 처음엔 말도 안 되는 궤변이라고 생각했으나 천천히 생각해 보니 그 소리가 꽤 타당하다고 생각되는 강유였다.

그는 화수의 제안을 받아들였다.

"그렇다면 외공 대결에서 지는 사람이 스스로 목숨을 끊도록 하지."

"좋을 대로."

무인들의 약속은 생각보다 더 무거운 의미를 지닌다.

두 사람은 외공 대결을 펼치기 위해 북한산을 내려가 서울 도심으로 향했다.

＊   ＊   ＊

서울 성북구에 위치한 폐쇼핑몰로 화수와 강유가 들어섰다.

끼이익!

이곳은 몬스터의 습격을 받아 폐쇄된 이후 거의 5년 동안 사람의 발길이 닿지 않은 곳이다.

화수는 이곳의 지하에 거대한 물류 창고가 있는데 그곳이 싸움을 벌이기 좋을 것이라고 생각했다.

"몬스터는 이미 정리했으나 건물주가 실종되어서 국가에서 처분을 못 하고 있는 실정이다. 지금은 군에서 통제구역으로 지정하여 사람들의 출입을 차단하고 있지."

"그렇다면 남의 건물에서 싸우자는 소리인가?"

"내 생각에 가장 가깝고 안전한 곳은 이곳뿐이라서 말이지. 나중에 문제를 삼는다면 내가 건물을 사면 그만이고."

"뭐, 잠깐 쓰는 것이라면 상관없겠지."

두 사람은 통제구역 안에 있는 지하 물류 창고로 향했다.

철컹!

굳게 닫혀 있던 물류 창고의 문이 열리자, 그 안에 가득 차 있던 케케묵은 먼지와 곰팡이가 한꺼번에 몰려들었다.

"…썩 좋은 곳은 아니군."

"그렇다고 백주부터 거리에서 싸울 수는 없는 노릇이지."

화수는 햇빛이 들어올 수 있도록 문을 열어놓고 싸움을 시작하기로 했다.

"시간제한은 없고 한쪽이 완전히 뻗으면 끝내는 것으로 하자."

"좋다."

두 사람은 불편한 상의를 탈의한 모습이 되었다.

"후우!"

단단하게 다져진 몸이 햇빛을 받아 한껏 우람함을 뽐냈다.

두 사람은 서로의 몸을 바라보면서 은근히 힘을 주고 몸을 살며시 비틀었다.

싸우기도 전에 힘이 빠지는 일이긴 했지만 몸이 조금이라도 더 좋아 보이도록 해야 한다는 압박이 느껴지기 때문이다.

별 쓸데없는 짓이긴 했지만 이것도 나름대로의 신경전이라 볼 수 있었다.

아주 짧은 신경전이 끝나고 난 후 화수가 먼저 자세를 잡았다.

척!

"한 수 접어주도록 하지."

"그렇게 자만하다가 주먹으로 얻어맞으면 꽤 아플 텐데?"

"알아. 하지만 아픈 쪽은 내 쪽이 아닐걸."

"길고 짧은 것은 대봐야 아는 법!"

강유가 화수를 향해 먼저 권을 뻗었다.

쉬이이이익!

자세가 아주 낮게 깔린 강유의 신형이 권과 함께 화수의 턱 밑으로 파고들었다.

화수는 속으로 화들짝 놀랐다.

'이미 탈피를 몇 번이나 거친 나와 비슷한 피지컬이라고?'

엄밀히 말해서 신체 능력은 내공과 정비례한다고 볼 수 없지만, 그래도 내공이 증진되면서 그릇의 크기가 커지기 때문에 결코 비례하지 않는다고 볼 수도 없다.

어찌 되었든 간에 강유의 신체 능력이 화수와 비슷하다는 것은 강유가 처음부터 무공에 자질이 뛰어났던지, 아니면 내공의 크기가 화수와 비슷하다는 뜻이다.

양쪽 어떤 쪽이든 간에 지금 이 순간은 화수가 놀라 헛물을 삼켜도 이상할 것이 없는 상황이었다.

화수는 뒤로 살짝 물러나며 각을 접었다가 펼쳤다.

팟!

그러자 강유의 볼가에 아주 작은 생채기가 났다.

주륵.

강유는 눈을 번쩍 떴다.

'…아무리 내공의 고수라고 해도 이렇게까지 신체가 단련되었을 리는 없다. 이놈도 노력을 아주 안 하는 스타일은 아닌 모양이군.'

생각지도 못한 엄청난 반사 신경을 가진 화수가 대단하긴 했지만, 그렇다고 해서 싸움에서 물러설 강유가 아니었다.

그는 재빨리 다시 공격을 감행하였다.

쉬이이익!

마치 뱀처럼 낮고 빠르게 화수의 품으로 파고든 강유가 몸을 반쯤 회전시켰다.

휘릭!

잠시 후, 돌아간 그의 몸에서 팔꿈치가 뻗어 나왔다.

화수는 그것을 발차기로 막아낸 후 곧바로 공중으로 튀어 올랐다.

터억, 파밧!

공중으로 튀어 오른 화수의 각이 강유의 왼쪽 목덜미에 적중하였다.

빠악!

순간, 강유의 몸이 왼쪽으로 살짝 기울더니 이내 중심이 무너져 내렸다.

"허, 허억!"

화수는 이 순간을 놓치지 않았다.

그는 중심이 무너진 강유의 머리를 향해 중단차기를 뻗었다.

팟!

그러나 강유의 무너진 중심이 단 0.01초 만에 다시 솟아나 단단히 중심을 세웠다.

"놈, 어딜 감히!"

강유의 몸이 단단히 선 후 마치 몸이 팽이처럼 돌면서 화수를 압박하였다.

붕, 붕, 붕, 붕!

화수는 거의 마하의 속도로 뻗어오는 강유의 발에 옆구리를 내주었다.

퍼억!

"크윽!"

강유의 발차기 한 방에 늑골이 얼얼해진 화수이다.

그는 늑골에 타격을 입은 채 곧바로 설욕전에 나섰다.

"훙, 이대로 죽을 수는 없지!"

화수는 팽이처럼 계속 돌고 있는 강유에게 일격을 가하기 위하여 초인적인 집중력을 발휘하였다.

스스스스!

비록 내공이나 특수 능력은 아니지만 화수의 동체 시력이 그에 준하는 능력을 발휘하였다.

순간, 화수의 눈에 강유의 빈틈이 보였다.

'잡았다!'

그는 몸을 활처럼 튕겨낸 후 한 발자국 도움닫기를 하여 무릎을 뻗었다.

슈우우욱!

화수의 무릎이 강유의 골반을 정확하게 찍어버렸다.

빠가각!

"이런!"

이제는 중심을 잃고 쓰러진 강유가 쭈욱 미끄러져 바닥을 타고 20미터나 나아갔다.

화수는 그 뒤를 따라서 공중제비를 돌았다.

파바바밧!

그는 무려 3미터의 높이에서 떨어져 내리며 강유의 복부를 노렸다.

"놈, 병원 신세를 지게 만들어주마!"

"흥! 어림도 없는 소리!"

화수는 아직까지 잘 모르고 있었지만, 강유의 별명이 와선인 데엔 다 이유가 있었다.

바닥에 누워 있던 강유가 마치 팽이처럼 벌떡 일어서더니 떨어져 내리는 화수의 복부를 발로 후려갈겨 버렸다.

휘릭, 퍼억!

"……!"

"아뵤!"

조금은 괴상한 기합을 넣으며 날아오른 강유는 몸을 자꾸만 회전시키며 어깨와 팔꿈치, 무릎, 발 등으로 화수를 연격하였다.

퍼버버버버벅!

무려 26수를 뻗은 강유는 저마다 강타를 날려 화수의 혼을 쏙 빼놓았다.

그야말로 몰매를 얻어맞은 화수는 마지막 27번째 수에 맞아 저만치 나가떨어지고 말았다.

빠악!

"크허어억!"

드러누운 상태에서 쓰러뜨린 상대가 무려 150명이고, 그중에는 초일류고수도 대다수 포함되어 있었다.

강유는 그에게 연타를 먹이고 난 후에도 여전히 누워서 화수를 바라보았다.

"소리만 요란했지 별것 아닌데?"

"…오늘 네놈 고기로 장조림을 만들어주마!"

화수는 바닥에서 팅기듯 일어나 곧바로 다리를 쭉 뻗으며 바닥을 쓸 듯이 미끄러져 왔다.

쉬이이익!

강유는 그의 공격에 대응하기 위하여 몸을 뒤로 굴리며 빠르게 일어섰다.

"무리수를 두는군. 내가 누워서 싸웠다고 해서 네놈도 누워서 싸울 수 있을 것으로 아느냐?"

"길고 짧은 것은 대봐야 안다고 몇 번을 말하나?!"

잠시 후, 화수의 몸이 살며시 회전하며 길고 쫙 빠진 다리를 제대로 휘둘렀다.

부웅!

뒤로 돌아 착지하느라 시간을 빼앗긴 강유의 턱이 그의 발에 걸렸다.

빠악!

"으허억!"

"놈, 물고를 내주마!"

턱이 발에 맞아 고개가 옆으로 살짝 돌아간 강유의 몸에 화수의 무릎이 대포알처럼 날아왔다.

슈우우웅, 콰앙!

"커흐윽!"

강유의 입에서 투명한 물이 한 바가지나 쏟아져 나왔으나, 화수의 공격은 여기서 멈추지 않았다.

무릎을 뻗은 채로 튀어 오른 화수의 몸이 반대로 회전하며 각을 찼다.

퍽, 퍽, 퍽!

회전하면서 각을 여덟 번 찬 화수는 약간의 시간 차를 두어 강유의 몸과 함께 바닥으로 떨어져 내렸다.

쉬이이이익!

바람을 가르며 떨어져 내리는 강유의 몸통에 화수의 발이 수직으로 꽂혔다.

퍼억!

그런 이후 강유의 몸이 바닥에서 한차례 튕겨 올라오는 시간에 맞춰 화수의 정권이 작렬하였다.

파바바박!

이미 강유의 눈앞은 빙글빙글 돌고 있었으나, 화수의 공격은 여기서 끝나지 않았다.

정권에 맞았다가 기둥에 부딪쳐 튕겨 나온 강유의 몸을 향해 화수의 신형이 거꾸로 돌면서 발차기를 뻗었다.

빠악!

몸이 뒤로 돌면서 발을 뻗은 것이기 때문에 충격은 일반적인 회전 차기에 비해 몇 배는 더 강력했다.

역회전 차기를 끝으로 공격이 끝나긴 했지만 이미 강유의 시야는 하얗게 흐려진 이후였다.

그러나 그의 집념은 정신을 잃은 상태에서도 투지를 불태우도록 만들었다.

스스스스!

강유의 몸에서 노란색 진기가 뿜어져 나오더니 이내 화수를 향해 황룡신장을 뻗어냈다.

"…끄아아아!"

퍼엉!

극성으로 뻗어낸 황룡신장이 맹렬한 용이 되어 승천해 올라갔다.

크아아앙!

화수는 강유가 완전히 정신을 잃었다고 판단하였다.

"뻗어버렸군."

그는 즉시 권을 뻗어 황룡신장을 받아냈다.

까앙!

하지만 화수의 권이 황룡신장을 정통으로 막아냈음에도 불구하고 그것을 완벽하게 제어하는 데 꽤 힘이 들었다.

화수는 그의 심후한 내공에 감탄을 금치 못했다.

"…대단하다! 결코 무시할 수 없는 고수야!"

하지만 이미 정신을 잃은 강유의 손이 화수의 권을 뚫고 들어오지는 못했다.

결국 화수의 손에 의해 분해된 황룡신장은 저만치 떨어져 나가 소멸되고 말았다.

스스, 팟!

강유는 아주 잠깐이지만 정신을 잃었다가 가까스로 눈을 떴다.

"허, 허억!"

"내가 진기를 출수했더군."

"…내가 졌다."

애초에 약속은 내공을 배제하고 싸우는 것이었으니 먼저 황룡신장을 뻗은 강유의 패배가 명백했다.

그는 화수의 앞에 무릎을 꿇었다.

"내가 졌으니 목을 쳐라."

묵묵히 눈을 감은 그에게 화수가 말했다.

"미안하지만 난 네놈을 죽일 생각이 전혀 없다."

"……?"

"대신 네 목숨을 이 땅을 지키는 데 쓰도록 해라."

화수는 무릎을 꿇은 강유에게 손을 건넸다.

"지금 이 지구는 정상이 아니다. 네가 사라진 그때에 비해 많이 피폐하고 혼탁해졌지. 만약 우리와 같은 수렵꾼들이 없다면 지구는 멸망을 맞이하고 말 것이다."

"…나더러 네 밑에서 일하라는 것인가?"

"굳이 내 밑에서 일할 필요는 없어. 다만, 인류를 위해서 그 힘을 써달라는 것뿐이지."

"그것이 너의 대의인가?"

"사람을 살리는 것이 나의 대의이다."

그는 고개를 끄덕였다.

"알겠다. 그런 대의라면 언제든 동참할 수 있지."

"고맙다."

화수의 손을 잡고 일어선 강유는 그에게 으르렁거리듯 말했다.

"…다만 네놈과 나의 악연은 여기서 끝나지 않는다. 언젠가는 반드시 사부님의 복수를 할 것이다."

"좋다, 만약 이 땅에 평화가 도래한다면 그 도전을 받아들이도록 하지."

이것으로 케케묵은 원한의 사슬이 끊어지지는 않겠지만, 적어도 당분간 뒷말이 나오지는 않을 것이다.

화수는 그에게 술자리를 제안했다.

"같이 술이나 한잔하지."

"대결인가?"

"훗, 이길 수 있다면."

두 사람은 그대로 대학로로 향했다.

*   *   *

늦은 밤, 화수와 강유가 거대한 항아리를 앞에 두고 있다.

술집에 모여든 사람들은 소주와 맥주, 막걸리 등을 아무렇게나 섞어 만든 폭탄주를 벌써 두 항아리째 마시고 있는 화수와 강유의 술 대결을 구경하고 있었다.

"…꽤 마시는군."

"누가 할 소리를……!"

두 사람은 이번 술 대결에서 한 가지 핸디캡을 주었는데, 그 어떤 방식으로든 인위적으로 알코올을 분해하지 않는다는 조건이었다.

방금 전 싸움처럼 내공 없이 오로지 신체 능력만으로 술을 마셔야 하는 대결이기 때문에 어쩌면 정신력 싸움이라고 볼 수도 있었다.

지금 두 사람이 마신 술의 양을 리터로 따진다면 40리터도 넘지만 아직까지 쓰러지지 않고 꿋꿋이 버티고 있는 중이다.

하지만 이번 세 번째 항아리를 마신 이후에는 승부가 갈릴 것으로 보였다.

두 사람은 항아리를 잡고 동시에 술을 들이켰다.

"건배!"

팅!

그들은 건배가 끝나자마자 바닥이 보일 때까지 고개를 내리지 않았다.

꿀꺽꿀꺽!

구경꾼들은 두 사람의 엄청난 주량에 박수와 환호를 보냈다.

"이야, 대단하군!"

"태어나 저렇게까지 무식하게 술을 마시는 사람들은 또 처음이야!"

잠시 후, 무려 3분 동안 술을 들이켠 두 사람이 거의 동시에 항아리를 내려놓았다.

쿠웅!

"끄어어어억!"

"후우, 후우!"

길고 걸쭉한 트림을 내뱉고 난 후엔 서로 반쯤 풀린 눈으로 한 잔 더를 외쳤다.

"한 잔 더해!"

"흥! 누가 할 소리를?! 이봐요, 이모! 여기 술 두 항아리 더 줘요!"

"…이 청년들이 정말 죽으려고 환장했나? 그렇게 술을 퍼마시면 병원에 실려가다가 죽어!"

"괜찮아요! 술이나 더 줘요!"

두 사람은 술집 주인장에게 생떼를 써서 결국 술 항아리를 받아냈다.

투덜거리면서도 가게에 있는 모든 술을 다 꺼내어 항아리에 담은 주인장은 떨떠름한 표정으로 말했다.

"자, 받아. 그리고 더 이상은 먹지 마! 팔지도 않을 테지만."

"고맙습니다!"

화수와 강유는 마지막이 될 것 같은 술 대결을 다시 이어나갔다.

꿀꺽꿀꺽!

이른 새벽, 대학로의 술집에 검은색 세단 한 대가 달려왔다.

"딸꾹딸꾹! 한 잔 더!"

"…도련님, 가시죠. 이목을 더 끌어서 좋을 것은 없어요."

"집사? 아이고, 우리 집사님!"

"가시죠. 제가 모시겠습니다."

집사는 강유를 거의 구겨 넣다시피 차에 태웠다.

그러자 근처에 서 있던 화수가 집사에게 꾸벅 고개를 숙였다.

"죄송합니다! 서로 오해가 좀 있어서 싸웠는데 술로 풀었습니다!"

"하하, 남자가 그럴 수도 있지요. 같이 가시겠습니까?"

화수는 고개를 저었다.

"아니요, 저는 괜찮습니다. 따로 갈 데가 있어서요."

"정말 괜찮겠습니까?"

그는 다시 꾸벅 고개를 숙였다.

"괜찮습니다. 살펴 가십시오."

이내 고개를 숙인 화수는 택시를 잡았다.

*　　　　*　　　　*

공영방송 서울 본사에 인사조정 보고서를 제출하려 들른 성희는 대전으로 내려가려다 화수의 전화를 받았다.

서울에서 술자리 이후 완전 술에 떡이 되어 방송국 앞에 앉아 있다는 것이다.

그녀는 보고서를 올리고 난 후 화들짝 놀라서 화수를 찾아 나왔다.

"화수 씨! 화수 씨!"

잠시 후, 방송국 앞에 쪼그려 앉아 있던 화수가 배시시 미소를 지으며 일어섰다.

"헤헤, 성희 씨!"

"어머, 술 냄새! 무슨 술을 그렇게 마셨어요?!"

"그냥… 아주 오래전에 원수를 진 사람이 있었는데, 그 사람과 오해를 풀기 위해 술을 좀 마셨지요."

"그냥 좀 마신 것이 아닌 것 같은데……."

"헤헤, 좀 많이 마셨지요."

화수는 그녀에게 술값 계산서를 보여주었다.

대학로 이화주막 : 소주 100병+맥주 200병+막걸리 10리터…….

순간, 그녀가 놀라서 손을 떨었다.

"이, 이걸 두 사람이 다 마셨다고요?!"

"헤헤, 그렇게 되었습니다. 사람들이 우리를 막 사진 찍고 난리도 아니었는데, 그래도 제가 이겼지요!"

그녀는 아주 잠깐 화가 치밀어 올랐으나 화수가 하도 아이처럼 웃어서 함께 실소하고 말았다.

"…참, 대단한 사람이네요."

"헤헤, 그렇죠?"

화수는 그녀의 허리에 두 손을 감아 와락 당겼다.

"어, 어머!"

"…사랑합니다. 알죠?"

"피이, 대형 사고를 쳐놓고 그런 소리가 나와요?"

"헤헤, 사랑한다니까 그러네."

그녀는 하는 수 없이 화수를 데리고 하루 묵기로 했다.

"오늘은 이만 자고 내일 대전으로 내려가요. 알겠죠?"

"좋아요!"

"대신 다음부턴 이렇게 무식하게 술 마시지 말아요. 알아들어요?"

"옛! 여부가 있겠습니까?!"

"하여간……."

그녀는 화수를 이끌고 호텔로 향했다.

제2장

새로운 시작

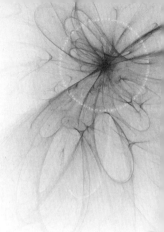

계절이 지나고 새로운 봄이 찾아왔다.

자운대 수렵 사령부는 새롭게 준장으로 진급한 화수에게 수렵 사령부 예하 수렵 여단을 설립하도록 지시하였다.

수렵 여단은 현재 수령 사령부에서 시행하고 있는 수렵 기본 훈련을 마친 후 엄선된 인원을 선발하여 여단 자체적으로 전문가 교육을 부여하게 된다.

그 이후 여단에 있는 자대로 배속되어 수렵 활동 및 구호 활동에 전념하게 되는 것이다.

이들은 수렵 여단인 야차 부대에서 수렵 전문가로 활동하면서 그에 걸맞은 훈련과 교육을 병행하게 된다.

이 모든 교육과 수렵을 총괄하게 될 사람이 바로 화수이고, 그 예하의 장교들이 지금 막 선발되어 배속되었다.

야차 중대는 해체 수순을 밟고 여단으로 개편되었으며, 그 소속 부대원들은 모두 장교로 전시 임관하여 교관 및 학과장을 맡도록 하였다.

제이나는 이제 미군에서 유엔군으로 소속을 변경하고 한국군 야차 여단에서 수렵 고문으로 활동하게 되었다.

이른 아침, 야차 여단에서의 첫 직무식이 열렸다.

자운대 수렵 사령부 중앙으로 이사한 야차 여단의 현재 정원은 25명이었다.

금색 별을 어깨에 단 화수가 제복을 입고 단상 위에 섰다.

중령 계급장을 단 김예린이 부대원들을 지휘하였다.

"부대, 차렷!"

촤락!

그녀는 화수에게 거수경례를 올렸다.

"충성!"

"충성."

"야차 여단, 교육 준비 끝!"

"모두 자리에 편하게 앉도록."

김예린은 연병장에 마련된 의자에 앉도록 지휘하였다.

"착석."

그녀의 지휘 아래 구 야차 중대원과 그 협조 장교들, 교수와 제이나까지 모두 자리에 앉았다.

화수는 조금 어색한 투로 말했다.

"이렇게 단상에 올라서 얘기하는 것이 처음이라 무척이나 어색하군."

"이해합니다. 저희들도 무척이나 어색하니까요."

황문식의 장난에 모두들 가볍게 웃었다.

"하하!"

"그래, 무척이나 어색하지. 하지만 이제 곧 적응될 것이다."

그는 부대원들에게 앞으로의 일정에 대해 말했다.

"현재 푸른색 계급장을 달고 있는 임시 장교들은 모두 특수 교육단에 입교하여 소정의 임관 교육을 거치고 정식 계급으로 자대 배치를 받을 것이다. 김예린 중령은 선임 영관장교로서 후임들을 잘 이끌 수 있도록."

"예, 대장님."

"자네들이 임관을 마칠 때쯤이면 이 연병장이 햇병아리들로 가득 차게 될 것이다. 우리는 그들을 훈련시키고 사지에서 작전을 펼쳐야 한다. 아마 애로 사항이 많을 것이라고 예상된다. 하지만 이 또한 국가와 국민, 나아가선 인류를 위한 일이니 감내할 수 있도록."

김태하 소령이 손을 번쩍 들었다.

"대장님, 질문 있습니다."

"말하게."

"그럼 대장님은 우리가 교육을 받을 동안 무엇을 하십니까?"

"대통령 특사 임무를 맡게 될 것 같다. 김예린 중령과 제이나가 학교의 구성을 책임지고 있을 동안 기무 사령부와 육군 첩보단에서 모집된 내 직속 정보 중대를 이끌고 작전을 펼칠 계획이다."

"흠……"

"만약 우리가 자리를 비운 사이에 사건이 터지게 된다면 그 즉시 활동을 멈추고 이곳으로 집결한다. 핫라인은 3분 안에 가동될 수 있도록 예지현 중위와 김해인 소위 등이 책임지고 중계한다."

"예, 알겠습니다."

이제 일정에 대한 얘기를 모두 끝냈고, 제이나가 화수에게 훈시를 종용했다.

"한마디 해야 하지 않겠습니까, 여단장님?"

"사람도 없는데 여단장이라고 하니 좀 쑥스럽군."

그는 부대원들에게 아주 짧게 훈시했다.

"앞으로 우리가 해야 할 일이 아주 많다. 제군들은 지금껏 해온 것처럼 최선을 다해서 부대를 이끌 수 있도록."

"예!"

"훈시 끝!"

정말 짧은 훈시가 끝난 후, 일행은 장교 식당으로 향했다.

*　　　*　　　*

화수가 장교 식당에서 동료들과 식사를 하고 있는데, 저 멀리서 한 무리의 장교들과 부사관들이 다가왔다.

총 35명의 장교와 부사관들이 화수에게 경례를 올렸다.

척!

"충성! 여단장님, 소령 이혜영 및 34명, 야차 여단 정보 중대로 전입을 명 받았습니다! 이에 신고합니다!"

화수는 밥을 먹다가 말고 경례를 받았다.

"그래, 반갑네. 강화수 준장일세."

"소령 이혜영!"

그 밖에 많은 사람들이 화수의 앞에 섰지만 굳이 자기소개를 하지는 않았다.

화수는 정보 중대에게 합석을 제안했다.

"식사를 하지 않았다면 같이 들지."

"예, 알겠습니다!"

이혜영과 정보 중대는 스스로 야차 여단에 들어오기 위하여 참모장 면접과 수렵 테스트 등을 통과한 정예 요원들이다.

그들은 화수와 야차 중대의 명성을 익히 들어왔기 때문에 초임 시절부터 이곳으로의 전출을 꿈꿔오고 있었다.

한마디로 그들은 이번 기회를 통하여 스스로의 꿈을 이루게 된 것이다.

황급히 배식을 받고 자리에 앉은 이혜영이 다짜고짜 상의를 탈의하였다.

홀렁!

순간, 식당에 있던 모든 사람들이 체할 듯이 놀라 소리쳤다.

"어, 어어……!"

"지, 지금 뭐하시는 겁니까?!"

다행히도 속에 티셔츠를 입고 있던 그녀는 유성 사인펜을 꺼내어 화수에게 내밀었다.

"실례가 되지 않는다면 장군님의 사인을 받고 싶습니다."

"사, 사인을? 내가 무슨 스타도 아니고……."

"직접 제 티셔츠에 사인을 해주신다면 죽어도 여한이 없겠습니다. 부탁드립니다!"

살면서 누군가에게 사인을 해준 경험이 없는 화수이기에 뭔가 좀 얼떨떨한 기분이 들었다.

"험험, 그렇게까지 원한다면야……."

"감사합니다!"

그녀는 자신의 가슴에 새겨지는 화수의 사인을 바라보며 감격에 겨운 표정을 지었다.

"…드디어!"

"……?"

"평생의 소원이었습니다! 이 자리에 오기까지 수많은 시련이 있었습니다만, 꿋꿋이 참아냈습니다! 이것은 모두 장군님과 조우하기 위함이었습니다!"

"그, 그렇군."

그녀는 만족스러운 듯 웃으며 수저를 들었다.

"하하, 세상이 다 아름다워 보입니다!"

"…많이 들게."

이혜영을 시작으로 중대원들이 모두 자리에서 일어나 상의를 벗었다.

그들은 미리 준비를 해온 모양인지 순백색 티셔츠와 유성매직을 내밀었다.

"장군, 사인을 부탁드립니다!"

"이, 이 사람들이 왜 이래? 나는 스타가 아니라 그냥 군인인데……."

"알고 있습니다! 하지만 우상에게 사인을 받는 일은 영광스러운 일입니다!"

"저는 고등학교 때부터 장군님을 동경했습니다!"

"저는 중학교 때부터……!"

이제 막 중사 계급장을 단 사람도 있고 아직 하사 계급장을 단 사람들도 있었는데, 아마도 그들은 화수를 보면서 군인의 꿈을 키워온 모양이다.

화수는 자신을 보고 자란 사람들이 있다는 것에 뿌듯함을 느꼈다.

하지만 그러면서도 뭔가 묵직한 것이 그의 어깨를 짓누르는 것을 절감하였다.

'앞으로는 행실을 똑바로 해야겠군.'

그는 조금은 경건한 마음으로 부하들의 티셔츠에 사인을 해주었다.

*   *   *

그날 오후, 구 야차 중대의 중대원들이 임시 계급장을 달고 특수 교육단에 입교하였다.

화수는 이제 부대의 전반적인 운영을 제이나와 김예린에게 맡기고 대통령의 특명을 수행하기로 했다.

군복에서 사복으로 모두 갈아입은 정보 중대는 구 야차 중대의 주둔지이던 대전 둔산동 자운화학에서 집결하였다.

구 야차 중대의 중대원들이 사용하던 막사를 확장시키고 중대 본부를 더 크게 넓혀서 마련한 주둔지는 대략 150명이 생활할 수 있었다.

이제 이곳이 정보 중대의 집결지가 될 것이고, 막사로서의 기능을 하게 될 것이다.

정보 중대는 화수의 명령을 수행하고 대통령 특사 예하의 정보기관으로서 기능을 하기 때문에 대부분 밖에서 생활하게 된다.

그렇기 때문에 화수는 군이 자운화학을 개조하여 정보 중대의 막사를 이곳에 둔 것이다.

그는 중대 본부에 설치된 작전 상황판에 이천임 중장의 사진을 붙였다.

"이천임 중장, 현재 남부 해안 수비군단장을 역임하고 있다. 우리는 이번 임무에서 이천임 중장에 대한 내사를 진행한다."

화수는 대통령이 하달한 작전 명령서의 서문을 그대로 읽어 내려갔다.

"이천임 중장의 군사 기밀 반출에 대한 의혹을 철저히 조사하여 청와대로 보고할 수 있도록 한다. 기한은 한 달, 그 안에 모든 의혹을 종결시켜 사건을 마무리할 수 있도록."

작전 명령서를 접은 화수가 중대원들에게 이천임 중장에 대해 물었다.

"이상, 작전 명령서에 나온 대로 내사에 돌입한다. 이천임 중장에 대해 아는 것이 있나?"

이혜영 소령이 화수의 질문에 가장 먼저 답하였다.

"이천임 중장은 남부 해안 수비군단으로 전출되기 전 수도 방위 사령부 사령관으로 있었습니다. 그 당시부터 군사 기밀 유출에 관한 의혹을 받아온 것으로 압니다."

"다른 것도 아니고 군사 기밀 유출이라니……."

"당시 이천임 중장은 CIA와의 잦은 접촉을 가짐으로써 군부 세력 내에서 그 입지가 흔들리게 되었습니다. 그 이후 좌천의 수순을 밟던 그녀는 몬스터 대토벌전을 계기로 다시 한 번 급부상하게 됩니다. 그녀가 남부 해안을 점령하는 데 일등 공신이었기 때문이지요."

그녀가 남부 해안을 점령한 것은 모두가 다 아는 사실이지만, 그 당시에도 그녀는 크나큰 스캔들을 겪었다.

"잘 아시리라고 생각합니다만, 남부 해안을 점령하고 난 직후에 일어난 예비군 강간 사건 역시 그녀가 역임하던 시절에 벌어진 사고였습니다. 그 사건이 있고 난 후 다시 강등이 논의되었으나, 예비군들의 무죄가 입증되면서 가까스로 기사회생하였습니다. 아시다시피 지금은 남부 해안 수비 사령부가 그녀의 휘하에 있지요."

화수는 그녀의 군 생활이 그다지 평탄치 않았다는 것을 알고 있었으나, 아직도 그 풍파가 여전하다고 생각했다.

"흠, 그녀는 운이 좋은 것인가, 나쁜 것인가?"

"반반이지요."

"뭐, 어찌 되었든 간에 운이 좋든 나쁘든 대통령 각하의 명령이니 그녀를 내사하는 것은 어쩔 수 없는 수순이다."

그는 중대원들에게 그녀의 모든 정보를 수집할 수 있도록 명령하였다.

"지금부터 우리는 그녀의 일거수일투족을 감시하고 가족사, 과거사까지 전부 조사한다. 그리고 만약 한 점의 의혹이라도 발견된다면 그 즉시 기무 사령부를 통하여 내사 지원을 요청하고 육군 헌병실에 제보하여 병력을 지원받는다."

"예, 알겠습니다."

화수는 이제 정보를 얻기 위해 국정원으로 향했다.

*   *   *

서울 마포나루 인근에 위치한 한겨레 빌딩 앞.

아직 꽃샘추위가 한창인 마포나루역 앞 포장마차에 앉은 화수가 어묵과 함께 소주를 마시고 있다.

꿀꺽!

"크흐, 좋다!"

어묵, 떡볶이, 튀김, 우동 등, 주로 분식이 대부분이지만 이곳은 소주나 맥주를 마시는 행인들이 상당히 많았다.

잠시 후, 포장마차의 장막이 걷히며 이시은이 들어섰다.

"먼저 오셨군요."

"늦었군."

"죄송합니다. 차가 좀 막혀서 말이지요."

"괜찮네."

이시은이 자리에 앉으며 젓가락과 순대를 주문했다.

"이모, 순대 한 접시, 맥주 한 병 주세요!"

"네!"

원래 이곳은 이시은의 단골집인데, 최근에 화수와 자주 만나게 되면서 그에게 전파해 준 것이다.

평소에도 길거리 음식을 선호하던 화수로선 쌍수를 들고 환영할 만한 포장마차가 아닐 수 없었다.

그녀는 주문을 해놓곤 화수에게 종이로 된 파일을 하나 건넸다.

"말씀하신 자료예요."

"고마워."

"별말씀을요."

화수는 이천임에 대한 자료를 훑어보았다.

이천임은 대외적으로 아주 성공한 여성이기도 하지만 가정사 역시 완벽한 여자였다.

남편은 3선 국회의원으로서 탄탄한 정치적 입지를 다지고 있었고, 이 둘 사이에서 태어난 아들은 대검찰청 중수부 에이스로 손꼽히는 사람이었다.

아마 여자라면 한 번쯤은 꿈꿀 만한 모습으로 살아가고 있던 이천임이다.

"한마디로 남부러울 것 없는 사람이군."

"그렇지요. 완벽한 커리어에 잘나가는 남편, 승승장구하는 아들까지 갖출 것은 다 갖추었습니다."

"흠, 그런데 어째서 CIA와 접촉하여 기밀 유출에 대한 구설수를 만들어낸 것일까?"

"글쎄요. 하지만 그것은 어디까지나 의혹일 뿐입니다. 실제로 뭔가 구체적인 혐의가 입증된 것은 아니라는 소리죠."

"그렇군."

화수는 보고서를 읽어보곤 그녀에게 물었다.

"그런데 말이야, 그녀가 어째서 기밀 유출로 몰리게 된 것이지? 별다른 혐의도 없었다면서."

"예, 그랬죠. 하지만 그녀가 CIA와 접촉하기 불과 하루 전 기무 사령부 데이터베이스가 해킹을 당했습니다. 그것도 내부자의 소행으로요."

"내부자?"

"외부에서의 침입이 아니라 내부의 컴퓨터를 이용해서 정보를 해킹했습니다. 아시다시피 해킹툴은 외부에서보다 내부에서 사용하는 것이 훨씬 효율적입니다. 더욱이 군부의 경우엔 USB 반출도 불법인데다 인트라넷을 사용하기 때문에 해킹툴 인스톨은 거의 불가능하다고 봐야 합니다. 하지만 내부에서 해킹툴을 설치하면 얘기가 달라집니다. 정밀 조사를 하지 않는 이상에야 잡아내기가 힘들죠."

"흠……."

"아무튼 이때 털린 자료는 수도 방위 사령부 예하 방공 여단의 대공화망 구성과 사각지대에 대한 오류 보고서입니다. 이 안에는 사각지대의 특성과 지형, 그리고 그에 대한 대처 방안 등이 적혀 있었지요."

"이 사각지대에 대한 정보가 대외적으로도 퍼져 있나?"

"아닙니다. 사각지대라고 알려지지는 않았고, 단지 몬스터의 출현 빈도가 높아서 수색대대가 투입되었다고만 알려져 있지요."

"그렇군."

"그녀가 기밀 반출에 대한 의혹을 받은 것은 이 타이밍이 너무나 기가 막혔기 때문입니다. CIA와 접촉했는데 그 다음 날 데이터베이스가 뚫린 것이 밝혀졌다. 그리고 그 시기가 접촉 시기와 거의 비슷하다."

"잘못하면 오해를 받을 만하군."

"그래서 억울함을 호소했고, 두 사건의 연관성이 없다고 판단하여 그녀는 무죄로 풀려났습니다."

"그렇다면 CIA와 접촉한 것은?"

"끝까지 함구했습니다."

"CIA에선?"

"입을 다물었습니다. 더 이상 이 사건과 엮여봐야 자신들만 곤란해진다는 것을 알고 있던 겁니다."

"하긴, CIA와 같은 집단이 정보 유출에 관여하였다는 스캔들이 터지면 한미 관계에도 악영향을 미칠 수도 있겠어."

"아마 그런 이유로 입을 다문 것 같습니다. 하지만 공식적인 입장은 일단 부인하는 쪽으로 가닥을 잡았죠."

"그런 사연이 있었어."

제아무리 한미 동맹이 굳건한 데다 미국 정보의 핵심인 CIA라고 해도 잘못해서 이번 사건에 연루된다면 분명 곤욕을 치르게 될 것이다.

그것은 앞으로 미국과 한국의 관계가 어떻게 될지 알 수 없다는 뜻이기도 했다.

CIA의 개입은 개연성이 부족하다고 생각한 화수이다.

"제3 세력이 개입했을 가능성은?"

"충분합니다. CIA가 작정하고 우리나라와 담쌓기를 원하지 않았다면 반드시 배후 세력이 있겠지요."

"후보는?"

"아직 그것까진 알 수가 없습니다."

"그렇군."

"아무튼 그녀가 만약 진짜로 정보를 빼돌렸다면 특정범죄 가중처벌법에 의거하여 징역 20년에서 25년을 선고받을 겁니다."

"흠……."

"여기서 조금만 더 깊게 생각을 해보자면 그녀의 군사 기밀이 어디론가 새어 나가 비행형 몬스터의 침입이 가능했다. 그런데 그 피해가 막중하여 민간인이 대거 사망하였다. 이게 범죄와 범죄가 연결되어 일어난 것이라면 그녀는 국가 내란죄에 해당합니다. 이때부턴 군부의 손을 떠나 사법재판을 받아야 한다는 뜻이죠."

"만약 연계가 되었다면… 이란 말이지?"

"그렇지요."

이시은은 화수에게 그녀의 내사에 대한 얘기를 꺼냈다.

"그나저나 그녀에 대한 내사를 직접 전달받으셨다니 의외로군요."

"어째서 이게 의외야?"

"원래 그녀는 준장님의 진급 때문에 제거될 예정이었거든요. 아마 각하가 마음만 먹었다면 충분히 사라지고도 남았을 겁니다."

"흠……."

"어쩌면 각하께선 뭔가 알고 계신 것인지도 몰라요."

화수도 그녀의 말에 전적으로 동의했다.

"여, 야를 막론하고 겁낼 사람이 없는 각하가 죄인을 벌하자면 충분히 벌할 수 있었을 텐데 왜 굳이 나를 동원한 것일까?"

"글쎄요. 굳이 준장님의 손을 빌려야 한다는 것은 뭔가 꺼림칙한 것이 있다는 것 아닐까요?"

"흠……."

"뭐, 아무튼 내사는 신중하게 하셔야 합니다. 잘못하면 역풍을 맞기 딱 좋아요."

"그래, 알겠어."

잠시 후, 따뜻한 김이 모락모락 피어나는 순대가 내장과 함께 도착하였다.

그녀는 순대가 오자마자 맥주병을 수저로 개봉했다.

뽕!

맥주를 병째로 든 그녀가 화수에게 건배를 제의했다.

"안 그래도 술 한잔 사려고 했는데, 오늘 어때요?"

"뭐, 하루 정도는 괜찮겠지."

"건배!"

팅!

두 사람은 잔을 부딪친 후 거침없이 술잔을 비워 나갔다.

*　　　*　　　*

밤이 깊어가고 있었지만, 화수와 시은은 마포를 떠나지 않고 주변을 배회하며 술자리를 가졌다.

3차로 조용한 선술집을 찾은 화수와 시은은 알탕과 계란말이를 앞에 두고 있다.

시은은 화수에게 김다해에 대한 애기를 꺼냈다.

"혹시 김다해라는 여자에 대해서 알아요?"

"자네가 다해 씨를 어떻게……?"

"알죠. 대외 공작부에 함께 있었는데 모를 리가 있나요?"

"흠, 그나저나 갑자기 그녀에 대한 얘기가 왜 나오는 거야?"

"그냥 좀 궁금해서요. 두 사람이 과연 어떤 관계인가 싶어서요."

화수는 고개를 갸웃거렸다.

"이상하군. 내가 다해 씨와 만난 것을 어떻게 알고 있는 거야?"

"후후, 그리 심각한 것은 아니에요. 그냥 어쩌다 알게 되었어요."

"어쩌다가?"

꼬치꼬치 캐묻는 화수를 마주하고 있자면 머리에 쥐가 난다는 사실을 잘 아는 그녀이기에 금세 아는 바를 토해냈다.

"참, 그렇게 궁금하다면 알려드릴게요. 카미엘 스토니필드에 대해서 아시죠?"

"잘 알지. S─11에 차르붐바를 떨어뜨려 아주 북극을 초토화시키려고 한 인물이 아닌가?"

"맞아요. 그 때문에 아주 전 세계가 난리도 아니었죠. 그 사건을 막은 사람이 바로 준장님이고요."

화수와는 떼려야 뗄 수 없는 관계인 사람이 바로 카미엘 스토니필드이다.

그는 몬스터학회의 학회장으로서 유엔을 압박하고 야차 중대를 움직여 아스타로스를 궤멸시키려 하였기 때문에 화수의 감정이 좋지 않았다.

그 반대로 카미엘은 자신의 학설을 뒤집은 화수가 눈엣가시와 같았기 때문에 학회에서 그의 얘기만 나오면 족족 게거품을 물어댔다.

아마 두 사람이 직접 만나게 되면 꽤 볼 만한 싸움이 벌어질지도 모를 일이다.

"그 스토니필드 그룹과 김다해 요원이 접촉했다는 의혹이 불거졌어요. 그 때문에 내사과에서 그녀의 신상을 아주 탈탈 털어버렸지요. 그때 준장님의 프로필도 나오던데요?"

"그녀가 카미엘과 접촉했다……."

"그 밖에도 일본 쪽과 접촉한 흔적도 있고 러시아와 접촉한 흔적도 있어서 대외 공작을 위한 것이라는 주장을 펼칠 수 있게 되었지요. 아무튼 그녀의 행동에는 의심스러운 부분이 많아요. 워낙 대외 공작부의 정보망과 인맥이 넓어서 그렇다곤 하지만 자세한 것은 아무도 모르지요."

"흠……."

"아무튼 그녀와 관련되어 있다는 것은 그리 좋은 일이 아니니 조심하도록 하세요. 괜히 같이 붙어 다니다가 피 보지 말고."

화수는 어깨를 으쓱거렸다.

"걱정할 필요 없어. 애인이 생긴 이후론 왕래가 전혀 없었으니까."

"애, 애인이요?"

"왜? 나는 애인 좀 만들면 안 되나?"

"그런 것은 아니지만, 좀 의외라서 말입니다. 준장님은 연애와는 거리가 멀어 보였거든요."

"뭐, 그렇긴 했지. 하지만 짚신도 제 짝이 있더군."

"으음……."

"아무튼 자네의 조언은 뼛속 깊이 새겨듣겠네."

"그래요. 사람 가려서 사귀시길 바라요. 괜히 나중에 뒤통수 맞지 말고요."

"후후, 걱정해 줘서 고마워."

화수는 앞으로의 그녀의 행보에 대해서 물었다.

"그나저나 과장으로 진급했다면서, 이젠 어떻게 되는 거야?"

"어떻게 되긴요. 저에게 맞는 임무를 할당받아서 일하게 되겠지요."

"그럼 앞으로 얼굴을 자주 보긴 힘들겠군."

그녀는 고개를 저었다.

"아쉽지만 그건 아닐 걸요? 대통령 특사의 편제에 저도 끼어 있거든요."

"아아, 그런가?"

"앞으로 몇몇 보조가 더 편제된다고 알고 있어요. 내가 과장으로 진급한 것도 그들을 관리하기 위함이고요."

"이것 참, 자네가 내 직속 라인에 들어온다니 기분이 좀 이상하군."

"뭐, 이로써 한배를 탄 것이나 마찬가지죠. 물론 정권이 바뀌면 목이 달아날 수도 있는 직책이긴 하지만요."

화수 덕분에 국정원에서 초고속 승진을 거머쥐게 된 그녀로

선 나쁠 것이 없는 장사다.

물론 화수 역시 그녀의 정보력을 등에 업을 수 있으니 이보
다 더 좋은 팀은 없을 것이다.

"아무튼 김다해는 조심해요. 카미엘이 또 무슨 사고를 칠지
몰라요."

"알겠어."

두 사람은 마지막 잔을 들었다.

"막잔 털고 일어나자고. 시간이 꽤 늦었어."

"그래요."

남은 잔을 모두 털어낸 두 사람은 이제 각자의 길로 흩어졌
다.

*   *   *

제주자치도 서귀포시에 위치한 작은 카페 안.

타다다닥.

관광객의 발걸음이 한창인 봄임에도 불구하고 카페 안은
텅텅 비어 있어 태블릿PC 두드리는 소리만 가득했다.

김다해는 태블릿PC를 이용하여 누군가와 PC통신을 주고받
고 있다.

[See : 난감하게 되었네요. 아주 그냥 눈에 불을 켜고 나를

뒤지더군요. 하마터면 골로 갈 뻔했잖아요.]

[SU : 하하, 미안하게 되었습니다. 나도 상황이 이렇게 될 줄은 몰랐어요. 설마하니 카미엘 그 또라이 자식이 그런 사고를 칠 줄이야…….]

[See : 그 미친놈, 갑자기 무슨 바람이 불어서 핵폭탄을 떨어뜨리려 한 거죠? 도무지 속을 알 수가 없네.]

[SU : 원래 그 계통 사람들이 변덕도 심하고 감정의 기복이 큰 편입니다. 잘 아시잖아요?]

[See : …내가 그걸 어떻게 알아요? 그 사람 마누라도 아니고.]

[SU : 후후, 그런가요?]

그녀는 채팅을 하던 도중 담배를 한 개비 꺼내 들었다.

[See : 진짜 갑갑하게 되었네요. 괜히 줄 한번 잘못 세워주었다가 이게 무슨 독박이에요?]

[SU : 내가 몇 번을 말합니까? 나도 일이 이렇게 될 줄 몰랐다니까요. 아무튼 조금만 기다려 봐요. CIA 쪽에 자리를 좀 알아보고 있으니 곧 답이 올 겁니다.]

[See : CIA에선 나를 정말 받아줄 수 있대요? 국정원 타이틀 달고 정보 장사를 했는데도?]

[SU : 그런 것은 신경 쓰지 않아요. 그들은 오로지 실력만 봅니다. 더군다나 보장된 신분을 포기하고 유령처럼 살 사람

은 더더욱 환영이지요.]

[See : 뭐, 좋아요. 그쪽이 그렇게 말한다면 다행이고요.]

[SU : 다만 조건이 하나 있습니다.]

[See : 조건이요?]

[SU : 강화수 준장에 대한 정보를 빼낼 것을 요구하고 있어요.]

순간 그녀의 표정이 잔뜩 일그러졌다.

[See : 미쳤어요? 잘못 건드렸다간 내가 죽어요. 이젠 그 사람을 함부로 대할 수 없게 되었어요. 그만큼 거물이 되었다는 얘기죠.]

[SU : 알아요. 거물이 된 것은 나도 잘 알고 있습니다. 하지만 CIA에선 당신의 배포와 능력을 시험하기를 원합니다. 아시죠? 언더커버로 살아간다는 것은 목숨을 보장받기 힘든 일이라는 것을.]

[See : 아이러니하네요. 목숨을 부지하자고 CIA에 붙었는데 다시 목숨을 내어놓을 수 있는지 시험한다?]

[SU : 최소한 죽은 사람처럼 살아도 당장은 목숨을 부지하겠죠. 하지만 그쪽에 계속 붙어 있다간 무슨 일이 벌어질지 아무도 모릅니다. 이천임이 털리면 당신도 얼마 못 살아요. 아시잖아요?]

[See : 젠장, 아주 더럽게 걸려 버렸네.]

[SU : 선택하세요. 앞으로 어떻게 할 것인지.]

그녀는 가만히 태블릿PC를 바라보고 있다가 이내 어렵게 손가락을 움직였다.

[See : 기한은요?]

[SU : 상관없습니다. 얼마가 걸리든. 다만 강화수 준장이 당신의 정체에 대해서 파악하기 전에 일을 끝내는 것이 좋겠죠?]

[See : 그래요. 잘 알겠어요.]

[SU : 건승을 빕니다.]

이윽고 그녀는 태블릿PC에 데이터 파괴 USB를 연결하였다.

삭제 중······.

그녀는 태블릿PC를 테이블 위에 올려놓은 후 카페 주방으로 들어가 아이스커피를 한 잔 만들어 왔다.

"후우, 가만히 있어도 목이 타네."

이곳은 그녀가 차명으로 구입한 건물이기 때문에 손님이 들어올 리도 없고 누가 추적할 수도 없다.

아마 이 세상에서 그녀가 가장 편안하게 있을 수 있는 건물을 찾으라면 분명 이곳을 꼽을 것이다.

그녀는 아무도 오지 않는 창밖을 내다보며 깊은 한숨을 내쉬었다.

"젠장, 그깟 돈 몇 푼 때문에 사람 목숨이 달아나게 생겼네."

가만히 창밖을 바라보던 그녀가 전화를 들었다.

연락처 : 강화수

그녀는 화수에게 전화를 걸려다가 잠시 망설이기 시작했다.

'벌써 내사에 들어갔다면 분명 내 얘기가 나올 텐데, 괜찮을까?'

이제부터 그녀는 단 한 수에 의하여 목이 달아나고 붙고를 결정짓게 될 것이다.

덕분에 아주 신중해질 수밖에 없는 그녀이다.

그녀는 전화를 걸려다가 이내 그 마음을 접었다.

'그래, 그에 대한 정보를 굳이 만나서 털어낼 필요는 없지. 그가 아무리 철두철미해도 보안에 대한 지식까지 가지고 있지는 못할 거야.'

김다해는 이내 카페의 문을 닫고 제주도 국제공항으로 향했다.

＊　　　　＊　　　　＊

화수와 이혜영이 육군 기무 사령부를 찾아왔다.

기무 사령부 마영강 소장은 화수가 찾아오자 너무나도 기쁜 마음으로 그를 반겼다.

"하하! 난 자네가 언젠가는 별을 딸 줄 알았어! 내가 뭐라고 했나? 자네는 그릇이 큰 사람이라고 했지? 자네 정도면 전례를 찾아볼 수 없을 정도로 빨리 준장으로 진급한 케이스일 걸세. 이 정도면 나중에 육군참모총장이나 합참의장까지 생각할 수도 있겠어!"

"저는 그럴 만한 야망이 없습니다. 진급을 하려면 그만한 야망이 있어야 할 텐데, 저는 그런 원동력도 없습니다."

"뭐, 자네가 욕심이 없다고 해도 주변에서 가만두지 않을 거야. 지금의 경우만 봐도 알지 않나? 자네가 싫다고 도망쳐도 잡아다 억지로 장군까지 만들지 않았나?"

"흠……."

"아무튼 너무 먼 얘기는 하지 말자고. 자네의 머리만 아파질 테니."

"감사합니다."

그는 화제를 돌려 화수가 찾아온 용건에 대해 말했다.

"그나저나 갑자기 웬 장성급 인사에 대한 내사인가? 그건 기무 사령부에서 해야 할 일인 것 같은데."

"각하께서 명령하신 것이라서 자세한 것은 저도 잘 모릅니다. 그냥 내사를 하라고만 하셨지, 왜 그녀를 내사해야 하는 것인지는 말씀하지 않으셨습니다."

"그렇군."

마영강은 화수에게 그녀가 조사를 받은 당시의 녹음 파일 및 영상, 진술서 등을 건네주었다.

"그녀가 CIA와 접촉했을 때 불거진 기밀 유출 의혹에 대한 조사 일지일세. 이 안에는 영상과 음성, 진술서 등이 들어 있지."

"감사합니다."

그는 화수에게 또 하나의 USB를 건넸다.

"이건 내가 혹시나 몰라서 건네는 것일세."

"이게 뭡니까?"

"공식적으로 조사를 한 것은 아니네만, 그녀가 남부 해안 수비 사령관으로 취임한 이후에 불거진 두 번째 기밀 유출 의혹에 대한 것일세."

화수는 고개를 좌로 살짝 꺾었다.

"그런 일이 있었습니까?"

"아마도 잘 알고 있을 걸세. 남부 해안 수비대 내 예비군 성폭행 사건 말이야. 예비군들의 여고생 성폭행 시비가 벌어진 당시 국정이 상당히 혼란스러웠지."

"예, 잘 알고 있지요."

"그때쯤… 사건이 한창 진행되어 있을 무렵에 그녀가 기밀 유출 의혹에 다시 휘말리게 되었다네. 당시엔 러시아 정보국 FSB와 접촉하였다가 덜미가 잡혔지."

"흠……."

"그녀가 FSB와 접촉하기 바로 이틀 전 남부 해안 수비대의 비문 보관소가 털렸어. 남부 해안 수비대 취약 지점에 대한 정보와 해안선 사각지대의 정보였지. 이것은 군 수뇌부 중에서도 극히 일부만 알고 있는 사실이야. 취약 지역과 사각지대에 대한 정보를 세세히 알고 있다면 해안선 침투쯤은 별것 아니거든."

"꽤 대단한 사건인 것 같습니다."

"그래, 기무사에선 난리도 아니었어. 두 번째 기밀 유출 의혹이라니, 우리는 촉각이 곤두서서 그녀를 취조하였지."

"그렇겠지요. 아니 땐 굴뚝에 연기가 날 리가 없으니."

"하지만 별다른 용의는 찾을 수가 없었어. 그래서 그녀를 놓아줄 수밖에 없었지."

"그렇군요. 그런 사정이……."

"아무튼 만약 그녀에 대한 의혹을 조사하자면 수도 방위 사령부부터 뒤져보는 것이 좋을 걸세. 만약 그녀가 진짜로 혐의가 있고 기밀을 빼돌렸다면 왜 빼돌린 것인지는 알아야 할 테니까."

"잘 알겠습니다."

현재 수도 방위 사령부는 몬스터의 대공화망 돌파 사건 이후로 크나큰 진통을 겪고 있었다.

아마 지금 그곳으로 간다면 모르긴 몰라도 초상집 분위기일 것은 확실했다.

화수가 자료를 챙기는데 마영강이 상당히 어색한 미소를 지으며 물었다.

"저… 그나저나 자네, 내가 소개시켜 준 아가씨와는 잘 안 되었지?"

"김다해 씨 말입니까?"

"그래. 미안하게 되었네만, 그녀가 요즘 국정원에서 좋지 않은 소문으로 골머리를 앓고 있는 모양이야. 아니 땐 굴뚝에 연기 나겠나? 아무래도 내가 자네에게 소개를 잘못 시킨 것이 아닌가 싶어. 뺨을 석 대 맞아도 할 말이 없지."

화수는 고개를 저었다.

"그게 어떻게 장군의 잘못입니까? 국정원 요원이 작정하고 감추고자 하였다면 삼신할머니도 깜빡 속아 넘어갔을 겁니다."

"하하, 그렇게 이해를 해주니 내가 너무 고맙군."

"아닙니다. 괘념치 마십시오."

화수는 곧바로 화제를 전환시켰다.

"그나저나 조만간 군단장 취임이 있을 예정이라고 하던데, 사실입니까?"

"아아, 내 진급 말인가? 어찌하다 보니 그렇게 되었어."

"축하드립니다. 너무 잘된 일 아닙니까?"

"뭐, 그렇긴 하지. 하지만 조만간 수도 방위 사령관이 퇴역하고 내가 그 자리에 가게 될 것 같거든. 그래서 좀 떨떠름하긴 해. 등 떠밀려 내가 그 자리에 가는 것 같아서 말이야."

"으음…."

"사람 목숨이 도대체 얼마나 죽은 사건인가? 그런 사건 뒤에 내가 수도 방위 사령부로 가려니 마음이 너무 무거워."

이번 사건으로 인해 피해를 본 사람이 한둘이 아니지만 그로 인해 지각 변동이 일어난 곳이 꽤 많았다.

아마 그곳으로 발령을 받는 마영강의 마음이 편치는 않을 것이다.

그는 얘기를 마무리 짓곤 박성화에 대한 얘기를 꺼냈다.

"자네, 박성화 대령과 친하지?"

"예, 그렇습니다."

"마침 잘되었군. 그럼 수도 방위 사령부로 가기 전에 정보 사령부에 들러서 박성화 대령을 만나고 가게. 그가 육본의 지

시로 내사에 참여했는데 아마 그러면 자네에게 큰 도움을 줄
수도 있을 거야."

"잘 알겠습니다."

그는 경기도 오산으로 향했다.

제3장
믿기 힘든 진실과
마주할 때

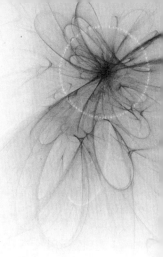

　이른 아침, 경기도 오산에 위치한 국군 정보 사령부로 화수의 차량이 들어섰다.

　대략 13만 평 부지로 구성된 국군 정보 사령부는 10년 전 몬스터의 창궐 당시에 각종 정보 관련 특수부대를 대거 통합하여 다시 만들어졌다.

　몬스터가 창궐하고 난 직후 북한은 대남 도발의 수위를 높여 대량의 남파 공작원을 보내는 한편 국지 도발을 일으켜 나라 안을 혼란에 빠뜨렸다.

　이때, 국방부는 육해공 3군의 특작 부대와 정보 특화 부대들을 전부 통폐합시키고 정보사를 예전보다 훨씬 거대한 조직으로 개편하였다.

또한 원래 소장이던 사령관의 편제를 중장으로 바꾸고 그 예하 부대의 숫자를 대략 다섯 배 정도 증원하였다.

계속해서 북한군에게 휘둘리던 한국군은 정보사의 개편으로 힘을 받아 빠르게 남파 공작원들을 숙청하고 추가 도발에 대비하여 신속한 북파 공작에 들어갔다.

그 결과, 지금 한국과 북한의 정보 세력 균형이 팽팽해져 국지 도발을 90% 이상 억제하고 있었다.

화수의 차가 정보사 입구에 도착하자, 엄청난 양의 정밀 기계들이 그의 차량 안을 수색하기 시작했다.

지이이이잉!

차량의 수색이 진행되는 동안 화수는 정보사 제복을 입은 부사관들에게 몸수색을 받았다.

"단결! 신분증을 꺼내시고 두 손을 높이 들어주시기 바랍니다."

"알겠네."

화수가 두 손을 높이 들자 수색 담당 부사관이 그의 몸을 수색한 후에 신분증을 확인하였다.

그는 화수의 신분증에 붙은 ID 칩과 각종 정보 조회를 통하여 신분을 확인하였다.

척!

"단결!"

"그래, 충성."

"실례가 많았습니다. 안으로 들어가시지요."

"고맙네."

화수가 정보사 안으로 들어서자, 병사 한 명이 나와 그에게 스마트키를 요구하였다.

"키를 주시면 제가 주차를 해놓겠습니다. 스마트키는 돌아가시는 길에 위병소를 통해 돌려받으시면 됩니다."

"알겠네."

병사에게 스마트키를 건넬 때 저 멀리서 검은색 오토바이를 탄 사내들이 등장하였다.

"단결! 강화수 준장님 되십니까?"

"그래, 내가 강화수 준장일세."

"박성화 대령이 준장님을 수행하라고 저희들을 보냈습니다. 정보 사령부 안에선 차량 운행이 불가하니 이해해 주시기 바랍니다."

"알겠네."

정보 사령부의 개편으로 인해 보안은 한층 더 철저해졌고 제한 사항도 훨씬 더 많아졌다.

하지만 이들의 이런 노력이 없었다면 지금쯤 대한민국은 존재하지 않았을지도 모른다.

잠시 후, 화수는 정보 사령부 내부에 있는 육군 첩보단의 막사로 향했다.

부아아앙!

3인승 사륜 오토바이를 타고 첩보단 막사에 도착하니 미리 나와서 기다리고 있던 박성화가 화수를 맞이했다.

"단결!"

"충성!"

그는 깍듯하게 인사하는 박성화에게 어색하게 웃었다.

"참, 이러지 않으셔도 되는데……."

"군대는 계급사회 아닙니까? 사람들이 없으면 몰라도 대놓고 야자를 틀 수는 없지요."

"뭐, 그건 그러네요."

"아무튼 다시 만나서 반갑습니다. 안으로 들어가시죠."

박성화가 화수를 데리고 막사 안으로 들어서자 미리 준비하고 있던 에스컬레이터가 작동하기 시작했다.

위이이잉!

정보 사령부의 모든 건물은 엘리베이터가 없고 사람이 걸어서 지나다닐 수 있는 복도도 존재하지 않았다.

건물 전체에 사람 한 명이 지나다닐 수 있는 에스컬레이터가 설치되어 있어서 개개인의 동선이 모두 파악되었다.

때문에 정보를 빼돌리려야 빼돌릴 수도 없고, 외부에서 침입자가 들어온다고 해도 제대로 활동할 수조차 없었다.

화수는 정보사의 철두철미함에 혀를 내둘렀다.

"건물 전체가 거의 요새화되어 있군요."

"정보를 다루는 곳 아닙니까? 보안과 방첩은 필수이지요."

대략 1분 후, 박성화의 집무실로 에스컬레이터가 당도하였다.

삐빅!

에스컬레이터는 박성화의 신분증을 인식하여 그의 집무실 문을 알아서 열고 보안 유리 앞까지 데려다주었다.

보안 유리는 3중으로 되어 있는데, 방탄, 방화가 가능한 강화플라스틱으로 되어 있었다.

박성화가 보안 유리 앞에 서자마자 홍채 인식과 음성인식, 지문 인식이 동시에 작동하여 그의 신분을 인식하였다.

[박성화 부장님, 반갑습니다]

"손님 한 명 방문."

[인식했습니다. 반갑습니다, 강화수 준장님.]

알아서 손님까지 인식해 주니 쓸데없는 인사의 방문은 통하지 않을 것이다.

이윽고 두 사람은 아주 단출한 박성화의 집무실 안으로 들어섰다.

그의 집무실 안에는 동전이 들어가지 않는 자판기가 몇 대 놓여 있었고, 집무실 책상과 손님 접대용 테이블이 한 개씩 놓여 있었다.

"자판기라……."

"간단한 음료수와 다과, 라면, 식사 등이 만들어집니다. 밖에 나가기 힘든 우리의 특성을 고려한 것이지요."

"편리하긴 하지만……."

"하하, 인간미가 좀 없는 것이 흠이라면 흠입니다."

그는 화수에게 커피를 한 잔 뽑아서 건넸다.

"앉으시죠."

"고맙습니다."

두 사람은 소파에 마주 앉아 이천임에 대한 얘기를 꺼냈다.

"이미 사령관님께 정보 제공 요청을 드려놨습니다. 필요하신 정보가 있다면 쓰십시오. 다만, 이것을 대외적으로 발설하는 것은 범죄이니 구두로 듣고 나중에 머리에서 지우십시오."

"잘 알겠습니다."

화수는 그에게 이천임에 대한 정보를 물었다.

"마영강 소장님께서 말씀하시길, 부장님께서 이천임 중장에 대한 내사를 진행했다고 하시더군요."

"네, 맞습니다. 그녀에 대한 내사를 진행했지요."

"그에 대한 얘기를 들을 수 있겠습니까?"

그는 고개를 끄덕였다.

"이천임 중장은 CIA와의 접촉이 발각되어 기밀 유출에 대한 의혹을 받았습니다. 그로 인해 기무사에서 조사를 받았고, 우리 첩보단이 그녀의 내사를 진행했습니다."

"그때 뭔가 특이한 점은 없었습니까?"

"있었습니다."

박성화는 테이블에 놓여 있는 태블릿PC를 구동시켜서 이천임과 그 부관에 대한 정보를 꺼냈다.

"이천임 중장의 부관 전종규 대위입니다. 전종규 대위는 당시 수방사 기밀 유출 사건에 연루되어 재판을 받았습니다. 사실 이천임 중장이 기밀 유출에 휘말리게 된 가장 큰 사건이라고 볼 수 있지요."

"부관이 기밀문서를 유출하였고, 그 이후에 CIA와 접촉하였다?"

"그렇습니다. 전종규 대위는 끝까지 혐의를 부인하였으나 CCTV와 현장에 남아 있던 지문 등이 증거가 되어 결국 간첩 행위로 간주되어 실형을 선고 받았습니다."

이제야 화수는 그녀가 왜 그렇게까지 기밀 유출에 대한 의혹을 강하게 받았는지 이해할 수 있었다.

"그런데 이 전종규라는 놈이 생각보다 재미있는 녀석입니다."

"재미가 있다니요?"

"얼마 전에 있던 수방사 방공 여단 수비 실패 사건에 대해 아십니까?"

"예, 잘 알지요."

"그 사건에 관련되어 몇 가지 의혹을 받았습니다."

"의혹이요?"

"전종규가 빼돌린 기밀 중에는 방공 사각지대에 대한 안건이 있었습니다. 그 안건에 나온 경로 그대로 몬스터가 공중 돌파를 시도한 것이지요."

"……!"

"물론 몬스터는 인간이 어찌할 수 없는 생물이긴 합니다. 하지만 결부시키지 않으려야 않을 수가 없습니다."

그는 또 다른 사진 몇 장을 보여주었다.

사진 속에는 두 손과 발이 모두 꽁꽁 묶인 군인 여덟 명이 나와 있었다.

"방공 여단 몬스터 돌파 사건 당시에 벌어진 분대 단위 탈영 사건입니다. 아마 아는 사람만 알고 있는 사실이라 모르는 사람이 더 많을 겁니다."

"입을 몇 개 거쳐서 듣기는 했습니다. 분대 단위 탈영이 이뤄졌다고요."

"그래요. 하지만 이 사건에 대한 전말이나 의혹에 대해 아는 사람은 별로 없을 겁니다."

그는 전종규와 어깨동무를 하고 있는 병장과 일병의 사진을 보여주었다.

"김기태 병장, 정이수 일병 모두 전종규와 막역한 사이였습니다. 또한 김기태는 전종규의 대학 동창입니다. 정이수는 사회에서 만났지만 호형호제하던 사이고요."

"……!"

"또한 김기태와 정이수는 휴가 중에 전종규의 면회를 간 적이 있습니다. 그 이후로도 편지를 주고받았고요."

"그 내용은요?"

"모릅니다. 받고 난 이후에 전부 쓰레기통에 버렸거나 불태워서 흔적이 없습니다. 면회를 간 당시에도 무슨 대화를 했는지 모르고요. 아무튼 중요한 것은 이놈들이 함께 면회를 다녀온 이후 일주일 후에 탈영을 감행했다는 점입니다."

"흠……."

"이놈들이 뭔가 내통을 한 냄새는 나는데 확증이 될 만한 물증이 없습니다. 원래 같은 자대에 있던 데다 종교 활동으로 자주 만났다고 하니 뭐라 할 말이 없죠. 더군다나 대학 동창에다가 사회 선후배인데 접촉을 하는 것은 어쩌면 당연한 일일지도 모릅니다."

"그렇군요."

그는 마지막 사진을 화수에게 보여주었다.

사진 속에는 불에 탄 USB와 두꺼운 공책 한 권이 들어 있었다.

"이것은 정이수가 잡힌 당시에 가지고 있던 소지품입니다. 군에서 USB라니, 말도 안 되지요. 더군다나 공책은 A4용지를 직접 엮은 겁니다. 어지간해선 잘 하지 않는 짓이죠."

"이놈, 뭔가를 빼돌리려 한 것일까요?"

"그럴지도 모릅니다. 왜냐하면 전종규가 기무사에서 뭔가를 빼낸 당시 비문 보관소에 침입 흔적이 발견되었거든요. 전종규는 자기가 한 것이라고 말하긴 했습니다만 정확하지는 않습니다. 서류의 형태로 보관되는 비문은 특급 기밀인데다 전산실에서 그곳까진 거리가 너무 멀어서 동시에 범행을 저지를 수가 없습니다. 비문 보관소에 사람이 침입한 예상 시각과 USB에 파일이 복사된 시간이 거의 비슷하거든요."

"진짜 냄새가 나는데요?"

"어쩌면 전종규가 붙잡힌 것은 면피용이고 이것들이 진짜일 수도 있습니다. 혹은 이놈들 역시 2차 면피용 탈영일 수도 있고요."

"흠……."

"만약 전종규와 이놈들이 관련이 있고 이천임과 전종규의 유착 관계가 사실이라면 사태는 아주 심각해집니다."

"아주 조직적으로 문서를 빼돌리려 한 것, 이것은……."

"간첩 행위이지요."

"……!"

"아무튼 이놈들이 지금 집단 탈영을 시도한 것부터가 이상합니다. 두 놈이 함께 빠져나갔다간 잘못해서 간첩으로 몰릴 수 있으니 약을 친 것 같기도 해요."

화수는 이천임에 대한 내사를 왜 지시받았는지 조금은 알 것 같기도 했다.

"그렇다면 수도 방위 사령부부터 조사를 해봐야겠군요."

"만약 내사를 하실 생각이라면 그렇게 하는 것도 나쁘지는 않을 겁니다."

그는 박성화에게 깊이 고개를 숙였다.

"아무튼 감사드립니다. 이런 정보를 제공해 주시다니……."

"뭐, 우리 사이에 그런 말씀을 다 하십니까?"

박성화는 화수에게 이천임에 대한 내사를 더욱 철저히 할 것을 부탁했다.

"비록 우리 정보사의 손을 떠나긴 했습니다만, 만약 그녀가 국가 안보에 위배가 될 사람이라면 반드시 잡아야 합니다. 의혹이 있다면 반드시 잡아내 주십시오."

"물론입니다. 최선을 다하겠습니다."

화수는 이제 수도 방위 사령부로 갈 차례가 되었다.

＊　　　　＊　　　　＊

수도 방위 사령부 예하 방공 여단과 기계화 보병 사단을 차례대로 순방할 예정인 화수는 먼저 이번 사건의 발단이 된 방공 여단을 찾았다.

방공 여단은 그 당시 비행형 몬스터의 감시 및 대공화망 구성을 담당하고 있었다.

그 때문에 수도 방위 사령관이 직위 해지를 당하고 여단장이 퇴역하는 일이 발생하였고, 그 여파가 예하 대대장들에게까지 미쳤다.

다행히도 대령 이하 장교들은 퇴역당하는 일은 없었으나 진급 누락 및 강등을 당하는 바람에 출셋길이 완전히 막히고 말았다.

한마디로 군단 전체가 쑥대밭이 되고 만 것이다.

화수는 몬스터가 통과했을 예상 지역을 찾았다.

예상 지역은 대공화망의 사각지대였으며, CCTV를 비롯한 각종 광학화 장비의 손길이 닿지 않는 협곡이었다.

때문에 이곳은 얼마 전에 신설된 방공 여단 직할 수색대대가 1개 중대를 투입하여 하루에 세 번씩 번갈아가며 수색을 펼쳤다.

만약 몬스터가 날아다닌다거나 사각지대를 통해 지상형 몬스터가 침입하게 되면 즉각적인 대처와 핫라인을 가동하게 된다.

하지만 이날 수색대대는 여단 내에 심각한 사건이 터지는 바람에 수색을 제대로 펼칠 수 없게 되었다.

아주 어처구니없는 일이지만, 여단 내의 병력 여덟 명이 분대 단위로 탈영하는 바람에 수색대대의 병력이 일시적으로 전부 다 투입된 것이다.

원칙대로라면 각 부대에 주둔하고 있는 5분 대기조와 헌병대의 군탈체포조가 출동하여 그들을 제압해야 했으나, 자기 부대 허물 덮기에 급급하던 수색대대장이 병력을 대거 동원한 것이다.

덕분에 사각지대의 수색이 대략 한 시간에서 두 시간가량 이뤄지지 못했고, 그사이를 통해 비행형 몬스터가 침입한 것이다.

만약 강유가 제때 포털을 타고 넘어오지 않았다면 지금쯤 대한민국은 불바다가 되어버렸을지도 모른다.

그는 방공 여단 예하 수색대대의 작전지역을 아주 세밀히 둘러보았다.

작전지역은 꽤나 긴 협곡의 형태로 되어 있는데, 산비탈이 꽤나 험준하게 형성되어 있어서 장비를 설치하기가 상당히 난

해하였다.

그나마 사람이 지나다닐 수 있는 공간도 협소하여 수색대 대원들이 지나다닐 수 있는 한 폭 남짓한 통행로가 설치된 것이 전부였다.

이렇게 난감한 지형을 가진 곳이 사각지대가 되는 것은 어쩌면 당연한 일일 것이다.

그는 이런 지형이라면 사각지대가 되어도 이상할 것이 없다고 판단하였다.

화수는 대략 7년 전 자신이 몬스터의 군도에서 수복한 이곳 'O1-11' 지역을 둘러보았다.

"많이 변했군."

"장군께서 이곳을 탈환하시고 난 후에도 몬스터들이 계속 밀고 들어와 꽤나 접전이 있었다고 들었습니다."

"이제는 너무 황폐해져서 이곳이 서울에 위치한 곳인지도 잘 모르겠어."

이곳은 도심 한복판에 자리 잡고 있지만 관악산의 지류이기 때문에 몬스터의 창궐이 잦았다.

또한 잦은 전투로 인해 생겨난 협곡 지대와 계곡은 거의 보병들의 무덤이라고 할 정도로 험준하였다.

그는 작전지역에서 가장 높은 고지로 올라갔다.

휘이이잉!

다소 황량한 바람이 부는 이곳은 시계 확보를 위하여 수풀을 모두 밀어내고 자갈이나 돌멩이 정도만 남겨놓은 상태였다.

화수는 민둥산 너머로 보이는 거대한 자연 터널을 바라보았다.

"저 터널, E—66 지역이 맞나?"

"예, 그렇습니다."

"터널이 더 넓어졌군. 저곳이라면 몬스터가 통과해서 오기에 딱 좋겠어. 만약 새끼를 키운다고 해도 눈치채기 힘들 것이고."

"그렇다면 놈이 저곳을 통해서 이곳으로 왔을까요?"

"그럴 가능성이 높다. 아무래도 놈들은 습한 곳을 좋아하니 저곳에서 새끼를 키웠을 확률도 있고."

"하지만 저곳은 수방사에서 주기적으로 수색을 펼치는 곳입니다."

화수는 고개를 저었다.

"아니, 그렇다고 해도 저곳의 내부를 정확히 아는 사람은 아무도 없다. 내가 저곳을 처음 봉인한 사람인데도 그 내부 사정을 제대로 몰라. 그저 겉으로 볼 때 평화로워 보이는 것이지 그 안에 뭐가 있을지는 사실 알 수가 없어."

"으음."

"그래서 내가 4년 전부터 저곳에 탐사 팀을 보내서 지하를 봉쇄하고 동굴을 무너뜨려야 한다고 강조하였지만 군부에선 듣지를 않았지. 주변에 있는 상가에서 난리를 친다나 뭐라나."

"또 그놈의 상가가 말썽이군요."

화수는 당시의 몬스터 돌파 사건이 아주 운이 없는 케이스였을 것이라 확신했다.

"까마귀 날자 배 떨어진 것이다. 사람이 몬스터의 긴급 출몰까지 예상할 수는 없어. 아마도 그들이 탈영하던 날에 일이 벌어진 것이겠지. 어떻게 보면 그들은 운이 좋은 거야. 사람이 하도 많이 죽어서 관심이 엉뚱한 곳으로 쏠렸거든."

"흠, 그렇다면 그놈들은 오로지 기밀 유출에만 관심이 있었을까요?"

"글쎄, 이제부터 한번 알아봐야지."

화수는 이곳에서 죄를 짓고 끌려간 인물들 중 탈영병들에 대해 물었다.

"탈영한 인원은 지금 어디에 있나?"

"군법 재판소에서 대기하고 있습니다. 계룡대 육군본부 군사 감옥에 수감되어 있지요."

"잘못하면 남한산성으로 가겠군."

"예, 그렇습니다."

그는 당시 그들이 생활하던 대대를 찾아가 보기로 했다.

"대대로 가지. 그들이 생활하던 곳에서라면 뭔가 새로운 것이 나올 수도 있어."

"예, 알겠습니다."

화수는 그녀와 함께 방공 여단 제1 대대를 찾아갔다.

＊　　　＊　　　＊

방공 여단 제1 대대는 지금 초상을 치른 후의 적막함이 흐르는 집 같았다.

모두 조용히 자신들이 할 일에만 집중하고 있을 뿐 그 어떤 행사나 놀이도 진행되지 않고 있었다.

화수는 김기태와 정이수가 생활하던 1중대와 3중대를 찾아가기로 했다.

1중대는 현재 중대 전술 평가에 들어가 있기 때문에 상당히 바쁜 나날을 보내고 있었고, 3중대는 진지 보수를 다니며 자숙의 모습을 보이고 있었다.

한마디로 두 중대 모두 거의 대대에 발을 붙이고 있지 않다는 것이 맞을 듯했다.

화수는 1중대가 중대 전술 평가를 실시 중인 여단 전술훈련장으로 향했다.

육군은 몬스터의 창궐 이후에 수도 방위 사령부 예하 제1 방공 여단의 재편성과 함께 4개의 방공 여단을 추가로 편성하였다.

현재 수도 서울에 주둔하고 있는 병력은 수도 방위 사령부 예하 제1 방공 여단과 수도 기갑 사령부 예하 고공 사격 여단이며, 나머지 세 개의 여단은 서울 외곽과 경기도 지역 곳곳에 자리를 잡고 있었다.

화수가 찾아온 이곳 제1 방공 여단 1대대는 사각지대인 서울 관악구 일대에 자리를 잡고 있다.

제1 방공 여단의 전술훈련장은 경기도 고양시에 위치해 있다. 때문에 전술 평가나 대대적인 전술훈련이 있는 날에는 고양시로 이동하여 그곳에서 숙식을 해결하면서 훈련한다.

화수는 견인발칸포가 방렬되어 있는 1중대 1소대의 진지를 찾았다.

훈련 후 휴식을 취하고 있던 1소대가 화수의 방문에 화들짝 놀라 자리에서 일어섰다.

"쉬엇!"

촤라락!

"충성!"

"충성."

"제1 방공 여단 1대대 1중대 1소대, 휴식 중!"

"그래, 편히 쉬게."

"편히 쉬엇!"

화수는 근처 대형 마트에서 사온 치킨과 피자를 음료수와 함께 박스에 담아서 건넸다.

"훈련이 고되다고 들었다. 과자를 비롯한 부식은 중대 지휘관에게 주었으니 훈련 일과가 끝나면 중대 본부에서 찾아갈 수 있도록."

"오오……!"

"감사합니다!"

"그래, 마음껏 먹어라."

이제 20대 초반 장병들은 치킨과 피자를 보자마자 미친 듯이 달려들어 배를 채우기 시작했다.

"쩝쩝!"

"한창 먹을 때이니 마음껏 먹고 남으면 보관했다가 저녁에 또 먹도록."

"예, 감사합니다!"

"장군님, 사랑합니다!"

"사랑합니다!"

여기저기서 화수에 대한 찬양이 쏟아져 나오기 시작하니 그의 얼굴에 슬슬 웃음이 피어났다.

화수는 그들의 환호에 보답하듯 담배를 한 갑씩 돌렸다.

"먹고 한 대씩 피워."

"감사합니다!"

이제 거의 다 먹고 남은 음식을 화수가 가지고 온 밀폐 용기에 보관한 병사들은 진지에서 담배를 한 대씩 피워 물었다.

화수는 병사들이 모여 있는 곳으로 다가가 함께 담배를 피우며 말을 걸었다.

"힘들지 않나?"

"아닙니다!"

"들자 하니 최근에 이곳에서 탈영한 놈들이 있었다고 하던데, 아는 바가 있나?"

병사들은 조금 어두운 낯빛을 하였다.

"김기태 병장을 말씀하시는 겁니까?"

"그렇다네."

"…배신자입니다. 소대의 최선임 분대장인데 갑자기 탈영을 해버려서 다들 충격이 컸습니다. 이제 말년도 얼마 안 남은 사람이 그랬으니 병사들의 사기가 아주 말이 아닙니다."

화수는 떨떠름한 표정으로 그를 회상하는 병사들에게 물었다.

"그가 원래 군에서 생활을 잘했었나?"

"아주 모범적이었습니다. 평소에 주특기 훈련도 열심히 하고 운동, 체력 단련도 중대에서 가장 열심히 했습니다. 스포츠도 잘해서 여단 축구 대표팀에 포함된 적도 있습니다."

"흠⋯⋯."

"다만 흠이 하나 있다면 자주 사라진다는 점? 뭐 그 정도일 겁니다."

"사라져?"

"원래 발칸 중대 분대장은 무기 관리도 해야 하고 분대원 관리도 해야 해서 상당히 바쁩니다. 더군다나 저희는 수도 중심가에 있기 때문에 작업이 생각보다 많고 근무도 많이 서는 편인데, 김기태 병장이 자주 없어져 난감한 때가 한두 번이 아니었습니다."

"근무 태만이었군."

병사들은 태만이라는 소리에 잠시 고민하는 눈치였다.

"태만이라⋯ 굳이 태만이라고 할 것까진 없지만, 그래도 난감한 상황을 많이 만들곤 했습니다."

"하지만 아주 결정적인 순간에는 항상 나타났습니다. 그래서 별명이 귀신입니다."

"누군가 그가 사라진 광경을 목격한 사람이 있나?"

화수의 질문에 한 이등병이 손을 들었다.

"이병 오지웅!"

"오지웅 이병, 그를 어디서 발견했나?"

"대대 지하에 있는 비문 관리실 앞에서 본 적이 있습니다."

순간, 화수와 이혜영의 눈이 반짝 빛난다.

"비문 관리실?"

"비문을 문서 그대로 보관하는 곳입니다. 여단에서 대대 지하에 특설해 놓고 5중 시건장치를 해두었다고 들었습니다."

"흠, 그렇다면 보통은 그곳에 잘 가지 않겠군?"

"워낙 지하인데다 비문 관리실 말곤 별다른 시설이 없어서 잘 가지 않습니다. 무엇보다 분위기도 상당히 으스스하고⋯⋯."

화수가 고개를 들어 병사들의 무리를 바라보니 그들도 오지웅 이병의 말에 고개를 끄덕였다.

"맞습니다. 빨래 건조실과 연결된 두꺼비집이 그곳에 있어서 아주 가뭄에 콩 나듯 내려가는 경우는 있지만 일부러는 안 내려갑니다. 더군다나 그곳의 두꺼비집 열쇠는 대대본부에서 관리하기 때문에 보통 병장이 가는 경우는 없습니다. 아무리 요즘 군대가 좋아졌다곤 해도 짬밥이 있는데 병장을 내려보내는 경우는 절대로 없습니다."

"그래?"

탈영병에 대한 의구심이 조금씩 커져가는 순간이다.

제4장
첩보

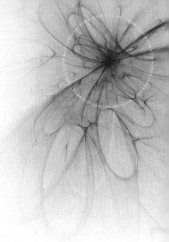

　1중대를 찾아간 후 화수는 다시 대대 주둔지로 돌아와 작업을 끝낸 3중대를 찾아갔다.

　중대는 작업 도구를 수입하고 오늘 입은 옷을 세탁기로 가져다 놓는 등 부대 관리에 여념이 없었다.

　화수는 작업이 끝날 때까지 중대 본부에서 잠시 기다리기로 했다.

　3중대 부중대장 최선미 중위는 화수와 이혜영을 앞에 두곤 잔뜩 얼어서 입도 못 떼고 있었다.

　"저, 저, 저… 차, 차는 입에 맞으십니까?"

"고맙네. 마시기 딱 좋아."

"다, 다행입니다!"

잠시 후, 위병근무를 마치고 돌아온 세 명의 병사가 화수에게 경례를 올린다.

척!

"충성!"

"그래, 수고 많았다."

"가, 감사합니다!"

근무를 마치고 돌아오니 웬 원 스타가 중대 본부에 앉아 있으니 병사들로선 당황스럽기 그지없었다.

하지만 화수는 그들을 불러 긴장을 풀어주었다.

"담배 피우나?"

"예, 그렇습니다!"

최선미는 화수에게 재떨이를 갖다 주었다.

"이, 이곳에 터시면 됩니다!"

"아아, 이곳에서 피워도 괜찮나?"

"중대 본부는 환풍 시설이 잘되어 있어서 금연 구역이 아닙니다!"

"그렇군. 고마워."

화수는 세 병사에게 담배를 권했다.

"한 대 피우지."

"아, 아닙니다!"

잔뜩 얼어붙은 병사들에게 화수가 웃으며 말했다.

"1중대는 허물없이 다가오던데 3중대는 좀 다르군. 해치지 않는다. 담배 한 대 피우고 가."

"그, 그렇지만……."

최선미가 미친 듯이 고개를 끄덕이자, 병사들은 눈치를 보다가 이내 자리에 앉았다.

화수는 그들에게 담뱃불을 붙여주며 물었다.

"힘들지?"

"아, 아닙니다!"

"군대라는 곳이 원래 가만히 있어도 힘들고 배가 고프다. 심력이 많이 소모되기 때문이지. 특히나 요즘같이 몬스터가 대놓고 출몰하는 시기엔 더더욱 그럴 것이야."

"…괜찮습니다!"

그는 병사들에게 넌지시 탈영병에 대한 얘기를 꺼냈다.

"그나저나 최근 여단에서 여덟 명의 탈영병이 한꺼번에 발생했다는 소리를 들었다. 자네들도 그에 대해 아는 것이 있나? 정이수 일병이 이곳 중대에 있었다고 하던데?"

위병근무자 중 한 명이 손을 들었다.

"상병 선우성. 정이수 일병은 제 부사수였습니다."

"부사수?"

"예, 그렇습니다."

선우성은 사수로서, 그리고 같은 분대원으로서 면목이 없는 모양이다.

고개를 푹 숙인 그를 대신하여 최선미가 말했다.

"정이수 일병이 탈영한 후 선우성 상병은 소대를 바꾸어 2소대에서 3소대로 옮겨갔습니다. 어차피 중대는 한식구의 개념이기 때문에 소대를 옮긴 것은 문제가 되지 않기 때문입니다."

"흠, 그렇군."

"소대원 전체가 충격에 휩싸였습니다만, 아마 가장 심적으로 타격이 큰 사람은 바로 선우성 상병일 겁니다."

화수가 선우성을 바라보자 그는 깊은 한숨을 내쉬었다.

"후우, 잘해준다고 잘해주었는데, 그놈은 제가 지독히도 싫었던 모양입니다. 나름대로 신경을 많이 썼는데……."

"아니다. 네 잘못이 아니다. 일병이면 어지간한 일머리, 생활머리 정도는 알아서 챙길 짬밥 아닌가?"

"그렇긴 합니다만……."

화수는 그의 어깨를 두드려 주었다.

"사정이 딱하게 되었군. 휴가증은 있나?"

그는 고개를 저었다.

"…나가기 싫습니다. 나가면 사람들이 손가락질하는 것 같아서 차라리 군대가 더 편합니다."

"쯧, 그래도 그러면 안 된다. 네 잘못이 아닌데도 위축된다는 것은 이치에 맞지 않아. 잘못은 그놈이 했는데 왜 자네가 위축되어야 하나?"

"……."

대한민국은 민감한 범죄에 관련될수록 당사자가 아니라 피해자, 혹은 그 주변 사람들을 못살게 구는 경향이 있었다.

특히 탈영이나 강간, 살인과 같은 경우엔 당사자보다 피해자나 주변 사람이 더 힘들게 살아가곤 했다.

화수는 그런 선우성이 너무나 안타까웠다.

"그래도 용기를 내. 자네가 잘못한 것이 아닌데 굳이 죄책감을 느낄 필요는 없어."

"…감사합니다."

그는 정보사에서 얻어온 휴가증을 꺼내어 최선미에게 주었다.

"이 일과 관련하여 충격을 받은 사람들을 추려서 휴가를 내보내게."

"하지만 지금 여단에선 분대 단위 휴가는 제한하고 있습니다. 그래서……."

"그렇다면 이수 지역을 두고 서울에 있는 회관에서라도 쉴수 있지 않나?"

그녀는 어렵사리 고개를 끄덕였다.

"예, 그렇습니다."

"그럼 내가 회관에 전화를 해놓을 테니 그곳에서 숙식을 하고 술을 마음껏 마시게. 단, 회관은 떠나지 않는 것으로 하지. 어때?"

"그렇게 신경을 써주신다면… 너무 감사합니다."

화수는 선우성에게 자신의 명함을 건넸다.

"관악 회관에 나와 친한 관리관이 있다. 내일이나 모레 그곳으로 가서 내 이름을 대고 먹고 마시고 놀아. 요즘 회관에는 있을 것이 다 있다면서."

"감사합니다!"

"그리고 반드시 기운을 내게."

"예!"

어둡던 낯빛이 조금은 좋아진 선우성이다.

*   *   *

그날 저녁, 화수는 1대대 전원에게 치킨과 피자를 돌리고 담배도 한 갑씩 나누어주었다.

대대 막사 앞 쉼터에 모여 치킨도 먹고 담배도 피우면서 즐거운 시간을 부여하려는 의도이다.

화수는 중대 전술훈련을 나간 1중대를 제외한 나머지 대대원들에게 김기태와 정이수에 대하여 물었다.

그러자 그들은 한목소리로 김기태에 대하여 이렇게 말했다.

"김기태는 사기꾼 기질이 좀 있었습니다."

"사기꾼?"

"언변이 워낙 뛰어나서 다단계 판매원 같단 말을 자주 했습니다. 그리고 그 거짓말로 사람을 선동하는 스킬이 상당히 좋습니다."

"거짓말에 능하다……."

"의대를 나와서 성형외과 전공의를 땄다는 사실은 다 알고 있습니다만, 사실 그 학위도 의심스럽기 그지없습니다."

"그에 대한 근거는?"

"제 아는 형님이 같은 의대 성형외과를 전공했는데, 김기태라는 사람은 들어본 적이 없답니다. 실제로 동기 모임에도 이름이 빠져 있고 말입니다."

"그럼 학력을 위조했단 말인가?"

"그럴 수도 있습니다. 하지만 입증할 방법이 없으니 그냥 가만히 있을 수밖에 없습니다."

"흠……."

가만히 병사들의 얘기를 듣고 있던 화수에게 2소대장 소지협이 말했다.

"장군, 정이수 일병에 대해서 드릴 말씀이 있습니다."

"말해보게."

"정이수 일병은 컴퓨터를 상당히 잘 다루었는데, 사회에 있을 때 해킹으로 물의를 일으킨 적이 몇 번 있다고 말했습니다."

"해킹?"

"예, 그렇습니다. 저번에 듣기론 휴가 일정이나 훈련 일정을 마음대로 조작해 놓는 바람에 선임이던 행정계원이 골탕을 먹고 영창을 갈 뻔한 일이 발생했답니다."

사회에서 한창 해커로 악명을 날리던 사람이 군대 내부의 인트라넷으로 할 수 있는 일은 무궁무진할 것이다.

화수는 정이수가 가지고 있던 USB가 군사기밀이었다는 것에 무게를 싣게 되었다.

"정이수는 내무반에서의 이미지가 어땠나?"

"까불이는 아니고 그냥 평범한 사람이었습니다. 가끔씩 충동적인 행동을 하긴 했는데 그리 큰 문제가 될 정도는 아니었습니다."

"그렇다면 그가 탈영을 획책했다는 소리를 들었을 때엔 상당히 놀랐겠군."

"중대 전체가 뒤집어졌습니다. 대대에 있는 그의 동기들 역시 비슷한 반응이었습니다."

"그래?"

이로써 두 사람이 기밀 유출에 관련되었다는 사실은 어느 정도 가닥이 잡힌 셈이다.

화수는 이제 육군본부로 가서 직접 그들을 만나볼 심산이다.

그는 여단 본부에 들러서 탈영에 가담한 여덟 명의 신상 명세와 내무 생활기록지 등을 챙겨서 계룡대로 떠날 작정이다.

*　　　　*　　　　*

육군본부가 있는 충남 계룡대를 찾은 화수는 수도 방위 사령부 방공 여단 탈영병 여덟 명을 모두 모아 면회를 신청하였다.

이번 면회는 대통령 특사의 권한으로 이뤄지는 것이기 때문에 면회에 대한 거부권을 행사할 수가 없었다.

덕분에 지금까지 몇 번이고 면회를 거절하던 병사들이 모두 한자리에 모이게 되었다.

화수는 그들에게 탈영에 대한 사유에 대해서 물었다.

물론 이 안에는 김기태와 정이수 외에 다른 유출 범죄자가 있는지 가려내는 의도도 숨어 있었다.

"여덟 명이 모두 한꺼번에 탈영하기로 한 이유가 궁금하군."

"…탈영에 대한 것은 전부 헌병대에게 말했습니다만."

"알아. 하지만 조금 더 자세한 얘기를 듣고 싶은 것뿐이다."

그는 여덟 명 중 김기태를 지목했다.

"김기태 병장."

"예."

"자네는 어째서 탈영을 결심하게 되었나?"

"8년 동안 사귀던 여자친구가 배신하고 결혼을 선택했습니다. 그래서……."

화수는 김기태의 기록지를 살피는 척하면서 물었다.

"군에 입대하기 전에 전문의를 취득했군. 레지던트 과정을 끝내고 입대한 것인가?"

"예, 그렇습니다."

"그렇게 전도유망한 청년이 도대체 뭐가 아쉬워서 탈영을 했나? 그것도 가장 잘나간다는 성형외과 전문의가 말이야."

"…사랑에 눈이 멀어서 그런 것이죠."

"분대 단위의 탈영은 일반적인 탈영과는 또 달라서 군법 재판으로 넘겨서 엄중한 처벌을 받게 된다. 책임 여부에 따라서 징역을 살게 될 수도 있단 말이야. 알고 있나?"

"물론입니다."

"그런데도 탈영을 감행하였다?"

그는 고개를 푹 숙인 채 말했다.

"약혼녀가 도망을 갔습니다. 무려 8년 동안 사귀었는데 말입니다. 그것도 제가 가장 아끼던 후배와 바람이 나서……."

"으음, 그것 안되었군."

"그때의 저는 제정신이 아니었습니다. 어떻게 하면 중무장한 상태로 탈영하여 그녀와 후배를 총으로 쏴 죽일 수 있을까만 생각했지요."

"치밀한 계획을 펼쳐놓고 탈영을 계획했다는 소리군. 그것도 분대까지 조직해서 말이야."

"그땐 어쩔 수 없었습니다."

화수는 속으로 고개를 내저었다.

'이놈, 알리바이까지 제대로 준비해 두었군. 아마도 그 여자는 이 사실을 모르고 있거나 놈의 조력자이겠지?'

나이를 서른쯤 먹으면 20대의 혈기는 조금 잦아들고 이성적으로 판단할 수 있는 분별력이 생기게 된다.

생물학적으로도 28세를 전후로 뇌가 완전히 성숙하게 되기 때문에 보통 서른이 넘으면 사리 분별이 뚜렷해지는 것이다.

공자가 이립이라고 한 것은 괜한 말이 아니었던 것이다.

더군다나 성공 가두에 있을 성형외과 전문의가 여자 하나 때문에 탈영한다는 것은 이해하기 힘든 부분이다.

물론 억지로 짜낸 그의 기록이기에 신빙성이고 뭐고 대입은 불가하다.

그는 놈의 병력 기록을 살폈다.

"병력 기록에 조울증이 있다고 되어 있군."

"예, 여자친구와 헤어질 조짐이 보일 때부터 조울증이 시작되었습니다. 요즘은 군부대에 핸드폰이나 영상통화기가 설치가 되어 있지만, 그것만으론 해결이 되지 않았습니다. 그녀의 얼굴을 보면 오히려 화가 더 치밀어 오르곤 했지요."

"조울증으로 인해 치밀한 계획을 세웠다?"

"그렇습니다."

그는 김기태의 눈동자를 가만히 바라보았다.

"으음, 그렇다면 자네는 운이 아주 좋군. 벌써 조울증이 나아서 정신이 제자리로 돌아왔단 말이야? 정신의 병이 그렇게 쉽게 나을 리가 없는데 말이지. 아니, 차라리 깊어지면 깊어지지 쉽게 낫기가 어려운데 말이야."

"예, 운이 좋았습니다."

김기태가 대충 화수를 물 먹이려 하고 있었지만 이미 그의 심증은 굳어진 이후였다.

그는 고개를 돌려 정이수를 바라보았다.

"정이수 일병?"

"일병 정이수."

"자네는 어째서 탈영을 결심하게 된 것인가?"

"여동생이 개차반 같은 남자를 만나서 하루가 멀다 하고 매를 맞는다고 했습니다. 그래서 놈을 손봐주기 위해 탈영에 가담하였습니다."

"가족 때문에 탈영을 결심했다?"

"이 세상에 가족보다 소중한 것이 어디에 있습니까?"

"뭐, 그렇긴 하지."

화수가 처음 이 바닥에 들어선 것도 전부 가족을 위한 일이었으니 그의 마음이 전혀 이해가 되지 않는 것은 아니었다.

그렇지만 여동생을 위해서 탈영까지 결심했다는 것은 쉽게 받아들일 수 없는 일이었다.

그것도 탈영이라니, 정이수와 김기태는 사람의 감정선을 이용해서 알리바이를 조작하려는 것 같았다.

화수는 여동생의 근황에 대해 물었다.

"그녀는 지금 어떻게 지내고 있다던가?"

"제 탈영 소식을 듣곤 남자친구를 고소하여 법원 유치장에 보냈다고 하더군요."

"유치장에 보냈다… 고소를 한 것이군?"

"예, 그렇습니다."

화수는 가족의 구성원에 아버지가 있다는 것을 눈여겨보았다.

"외람된 말이네만 부친께서 아직 멀쩡히 생존해 계시는데 여동생이 그렇게까지 삐딱선을 탔단 말인가?"

"아버지는 바쁘십니다. 그리고 집안의 빚을 갚기도 빠듯하죠. 그런 상황에서 여동생을 챙길 정신이 어디 있겠습니까?"

"으음, 그래?"

탈영을 하기 위해 모여든 이 사람들에겐 그만한 이유가 있다. 하지만 이렇게까지 탈영을 계획적으로 획책하는 사람들은 드물다.

아마도 그들은 조금 무리를 해서라도 알리바이를 짜내야 할 필요가 있었을 것이다.

그는 뻔한 질문을 던졌다.

"가장 처음 분대 단위 탈영을 계획한 사람은 누구인가?"

화수의 질문에 눈 밑에 다크서클이 짙게 드리워진 병장이 손을 들었다.

"…병장 정희윤."

"정희윤 병장, 자네가 분대 단위 탈영을 주도하였다고?"

"예, 그렇습니다."

화수는 속으로 고개를 갸웃거렸다.

'이놈이 가장 처음 주도했다고? 이놈도 한통속인가?'

계속해서 차분히 질문을 이어나가는 화수이다.

"자네, 분대 단위의 병력이 무장한 상태로 탈영하면 어떤 사태가 벌어질 것 같았나?"

"잘못하면 반역죄로 간주될 수도 있습니다. 대법원까지 갈 수도 있겠죠."

"그럼 인생 종 치는 거야. 알고 있나?"

"…예."

"그럼에도 불구하고 단독 행동이 아닌 단체 탈영을 조장한 이유가 뭐야?"

"혼자보단 여럿이 탈영하는 편이 좋겠다고 생각했습니다. 빨리 가려면 혼자 가고 멀리 가려면 같이 가라는 말도 있지 않습니까?"

화수는 그의 병력과 생활 보고서를 읽어보았다.

그는 정희윤의 과거가 그다지 밝지 않았다는 것을 어렵지 않게 알 수 있었다.

"분대장 진급에서 누락되고 부분대장에서도 밀려났군."

"……."

"주특기의 숙달이 미진했던 것인가?"

"그런 이유가 크지요."

"하지만 그렇다고 해서 진급 누락이 되지는 않을 텐데?"

화수는 그의 병력에서 골절상이 유난히 많은 것에 주목하였다.

"골절, 찰과상, 타박상, 피부 열상 등… 외상이 상당히 많았군."

"예……."

그는 입술을 짓깨물었다.

"…군대는 폐쇄적인 곳입니다. 누가 왕따를 당해도 아무도 신경 쓰지 않습니다. 심지어 후임들이 하극상을 저질러도 이미 소대 내에서 미운털이 박혀 있으면 그냥 방치하게 되지요."

"그 말은 자네가 왕따를 당했다는 소리인가?"

정희윤은 고개를 끄덕였다.

"창피합니다. 하지만 사실입니다. 그놈들, 악마였습니다. 그래서 탈영을 계획했습니다."

"그럼 혼자 가면 될 것을……."

"탈영은 완벽해야 했습니다. 그래야 나중에 그놈들이 사회에 나올 때까지 기다릴 수 있을 테니까요."

겉보기엔 정희윤이 그저 단순한 탈출 욕구 때문에 나온 것이 아니라 복수심에 불타고 있는 것처럼 보였다.

하지만 이놈도 지금 연기를 하는 것인지 진실을 말하고 있는 것인지는 알 수가 없었다.

화수는 병과 일지를 덮었다.

"됐다. 그만 돌아가 보게."

"예, 알겠습니다."

힘없이 돌아서는 그들을 바라보며 이혜영이 말했다.

"장군, 정희윤이라는 놈, 뭐하는 놈일까요? 저놈도 끄나풀일까요?"

"글쎄… 아직까진 관련이 있다고 보기 힘들 것 같군. 뭐라

장담할 수 있는 근거가 없지 않나?"

"하지만 눈여겨볼 필요는 있다고 생각합니다."

"맞아. 내 생각도 같아."

화수는 그녀에게 저들의 뒷조사를 지시하였다.

"저들의 알리바이를 조사할 수 있겠나?"

"물론입니다. 저들의 사돈과 팔촌까지 모두 만나서 검증을 해보겠습니다."

이제는 저들이 아니라 저들의 주변 인물들까지 전부 다 파헤쳐 봐야 할 때였다.

*   *   *

이른 아침, 조사를 떠난 이혜영이 없는 정보 중대가 화수에게 직접 보고를 올리고 있다.

이천임의 가족에 대한 조사를 해온 부대원 중 한 명이 손을 들었다.

"장군, 제가 조금 흥미로운 사실에 대해 알아냈습니다."

"뭔가?"

"강하 신도시의 비무장에 이천임 중장의 남편과 아들이 연루되어 있는 것 같더군요."

"그게 무슨 소리인가?"

"강하 신도시에 대공 포대와 화망 구성을 요청한 국방부가 상인 연합회에 밀려서 계획을 철수했습니다. 상인 연합회는 강하 신도시의 상권 한복판에 대공 포대를 설치하게 되면 상업에 심각한 타격을 입힐 것이라고 주장했습니다. 그로 인해 국방부가 한 수 접을 수밖에 없던 것이지요. 그런데 웃긴 것은 이천임 중장의 남편 성대혁 의원이 강하 신도시의 대공화망 구성을 영구히 제지하는 법안을 통과시킵니다. 이 타이밍에 맞춰서 화망 구성을 주장하던 국방부 차관과 그 휘하의 참모진이 대검 중수부에게 신상이 털려 간신히 옥살이만 면하고 하야하게 되지요. 이 사건을 담당한 검사가 바로 성대혁 의원의 아들 성태민입니다."

화수는 마치 퍼즐 조각이 하나씩 맞춰지는 것 같았다.

"만약 그것이 사실이라면 이번 참사는 세 사람의 합작품일 가능성이 높겠군."

"예, 그렇습니다."

그는 이천임과 그 가족들의 조사 범위를 수도 방위 사령부 밖으로 확장시킬 필요가 있다고 생각했다.

"남부 해안 토벌 작전에 벌어진 예비군 군기 문란 및 강간 사건에 대한 전말에 대해서도 파헤칠 필요가 있겠어. 이 세 사람의 합작일 가능성이 보이거든."

"예, 알겠습니다. 지금 당장 정보력을 동원하여 남부 해안을 조사하겠습니다."

화수는 정보 중대 부중대장 민소율 대위에게 성대혁과 성태민의 주변 인물을 조사하도록 지시하였다.

"민 대위는 지금 당장 인원을 꾸려서 두 부자를 더욱 면밀히 조사할 수 있도록 하게."

"예, 알겠습니다."

이천임 중장에 대한 내사가 또 다른 국면으로 접어들고 있었다.

*   *   *

늦은 밤, 서울의 한 포장마차에 강유가 홀로 앉아 있다.

꿀꺽꿀꺽!

"크흐, 좋군!"

그는 오랜만에 포장마차에서 즐기는 소주 한잔이 꿀맛 같았다.

하지만 그런 그의 술판을 깨는 소리가 들렸다.

포장마차의 포장이 열리면서 대통령의 경호원 두 명이 들어온 것이다.

"최강유 전 의원님, 모시러 왔습니다."

"…모셔? 뭘 말인가?"

"귀하를 청와대로 초대하신 분이 계십니다."

강유는 실소를 흘렸다.

"훗, 내가 그놈이 오라 하면 와야 되고 가라면 가야 하는 그런 놈으로 보이나?"

"그런 뜻이 아닙니다. 그저 작은 오해가 있기에 그것을 풀기 위해 모시려는 것뿐입니다. 아무리 격식을 따지지 않는 사람이라고 해도 대통령의 자리는 함부로 나서기 힘든 것 아닙니까?"

그는 고개를 저었다.

"격식을 따지지 않는다는 사람이 포장마차에서 소주도 한 잔 못 하나? 그놈은 예나 지금이나 다를 바가 없는 양아치군."

"…대통령 각하께 양아치라니요. 너무하시군요. 언행을 좀 삼가주시지요."

"싫다면?"

경호원들은 그에게 주먹을 휘두르려 하였으나, 대통령 경호실장 반유환이 들어와 그들을 만류하였다.

"자네들, 지금 뭐하는 짓인가?"

"실장님……!"

"각하께서 각별히 모시라고 말씀하신 것을 잊었나?"

"죄송합니다! 하지만 워낙 안하무인이라…….."

반유환의 눈동자가 날카롭게 빛난다.

"…자네들이야말로 말조심하게. 저분은 홀로 레서 드래곤을 해치우고 용산역을 정화시킨 국가적 영웅일세. 스스로 표창을 거부하는 바람에 위명이 알려지진 않았지만 지금 최강유전 의원께선 이미 국가적 영웅이시다. 자네들이 함부로 할 수 있는 사람이 아니란 소리지."

"시정하겠습니다."

강유는 손발을 일그러뜨리며 말했다.

"별 시답잖은 소리를 해대는군. 나는 아부하는 사람을 가장 싫어한다. 한 번만 더 아부했다간 경호실을 아예 초토화시킬 줄 알아."

"죄송합니다. 심기를 거슬리게 했다면 사과드리겠습니다. 하지만 부하들의 훈육은 실장인 제 직무입니다. 이해해 주시지요."

생각 같아선 청와대를 폭파시키고 새로운 대통령을 만들고 싶은 마음이 굴뚝같았지만 화수와의 약속 때문에 함부로 나서지 않는 강유였다.

그는 경호원들의 수행에 따르지 않기로 했다.

"얼굴을 마주하면 화가 머리끝까지 나서 이성을 잃을지도 모른다. 나는 어떤 마교의 자식과 다르게 자제력이 부족하거든. 아마 나를 아는 사람들은 잘 알 거야. 내가 검찰청 중수부에 있을 때 얼마나 또라이처럼 굴었는지 말이야."

"…열정이 넘치는 검사셨지요. 또한 민생을 위하는 국회의원이셨고요."

강유는 실소를 흘렸다.

"후후, 뭘 모르는군. 나는 겁이 많아서 검사가 되었어. 그리고 그 겁 때문에 국회의원이 되었지. 나는 나를 건드리지 못하도록 스스로 가시를 세웠다. 그리고 집안의 권력을 유지하기 위해서 살아왔지. 그런 내가 청렴하다고? 네놈의 눈깔도 가히 정상은 아닌 것 같군."

"……"

강유는 자리에서 일어나 테이블 위에 술값을 올려두었다.

"잘 먹었습니다. 잔돈은 됐어요."

"고맙습니다! 또 오세요!"

이윽고 술집을 나서는 그에게 반유환이 말했다.

"혹시 의원님께선 아직도 각하께서 당신을 담갔다고 생각하시는 겁니까?"

"…뭐라고?"

"분명 그분께서 당신의 정적이긴 했습니다만, 그렇다고 사고를 조작한 것은 아닙니다."

순간, 강유의 신형이 반유환을 향했다.

쉬이이이익!

강유는 반유환의 목덜미를 잡아 높이 들어 올렸다.

쫘드드득!

"쿨럭쿨럭!"

"이 새끼가 뚫린 입이라고 말을 막 지껄이는군. 네놈이 뭘 안다고 지랄이냐? 정말 죽어봐야 정신을 차리겠어?"

경호원들이 반유환을 구하기 위하여 경광봉을 꺼내 들었다.

촤락!

"실장님!"

"캑캑! 그, 그만! 그 자리에서 더 이상 움직이면 월권행위로 간주하고 모가지를 치겠다!"

"하, 하지만……!"

반유환은 차분하게 말을 이어나갔다.

"…저는 원래 육군 첩보단에서 일하다가 국정원을 거쳐 이곳으로 왔습니다. 한때는 의원님 사건을 조사한 적도 있었지요. 그때 저는 생각보다 더 대단한 흑막에 대해 알게 되었습니다."

"흑막이라… 또 무슨 개소리를 늘어놓으려는 것이냐?"

"최필준 부회장, 최필준 부회장이 의원님을 보내 버리고 정권을 잡은 것을 잘 아시겠지요? 아마 그가 무슨 짓을 벌이고 다녔는지도 익히 잘 아실 겁니다."

"……"

"하지만 그는 꼭두각시에 불과합니다. 그 역시 거대한 흑막에게 조종당하고 있을 뿐이지요. 아마도 그는 자신이 지금 꼭두각시 짓거리를 하고 있다는 사실도 제대로 알지 못할 겁니다. 두뇌가 뛰어나다고 해서 눈치까지 빠른 것은 아니니까요."

그제야 강유가 반유환의 목덜미를 놓아주었다.

털썩.

"쿨럭쿨럭!"

"…만약 그 말이 사실과 다르다면 네놈들은 정말 내 손에다 죽는다."

"물론입니다. 마음만 먹으면 수도 방위 사령부도 날려 버릴 수 있는 당신에게 설마 거짓말을 하겠습니까?"

강유는 이들이 왜 이곳까지 와서 굳이 목을 졸려가며 그를 설득하고 있는지 너무나도 잘 알고 있었다.

그들은 화수나 강유와 같은 초인이 외부 세력에게 이끌려 흘러 나가는 것을 미연에 방지하고자 조치를 취하고 있는 것이다.

물론 강유나 화수가 바보는 아니기 때문에 악의 축과 손을 잡을 리는 없었다.

하지만 워낙에 대통령과 사이가 좋지 않은 강유이기에 그 사이를 조금이라도 개선해 보려는 것이다.

아마 그가 목을 졸리고 정보를 흘린 것 역시 철저하게 계산

된 행동이었을 가능성이 높았다.

그는 입술을 짓깨물었다.

"…빌어먹을, 내가 또 속는다."

"자세한 얘기는 청와대로 가서 들으시죠. 이곳은 보는 눈이
너무 많습니다. 잘못하면 기자들에게 들킬 염려도 있고요."

"그래, 알겠다. 가자."

"저희들이 모시겠습니다."

강유는 경호실장이 대절한 차를 타고 청와대로 이동하였
다.

*   *   *

청와대에는 대통령 한명희와 국무총리 김재평이 함께 있었
다.

김재평은 당시 여당 의원이던 강유와는 상당히 사이가 좋
지 않던 사람이다.

만약 이 세상에서 강유를 죽이고서 가장 큰 이득을 본 사
람들이 있다면 바로 이 두 사람일 것이다.

강유는 어처구니가 없다는 듯이 웃었다.

"하하, 이제는 하다하다 별 미친 짓거리를 다 하는군. 네놈
하나로 모자라 김재평까지 끌어들여?"

"너무 나쁘게 생각하지 마라. 우리가 좋지 않은 의도로 당신을 부른 것은 아니니."

"홋, 개소리도 이 정도면 아주 수준급이군."

두 사람은 강유의 이런 반응이 어쩌면 당연하다고 생각했다.

"그래, 갑자기 살해 시도를 당했으니 우리를 의심할 수밖에 없겠지. 하지만 거듭 말하지만 우리는 당신을 해칠 의도가 전혀 없었다."

"그럼 나를 절벽에서 밀어버린 그놈들은 뭐야? 귀신이냐?"

"그에 대해선 우리도 할 말이 좀 있지."

"……?"

"그 당시 네가 자동차와 함께 굴러 떨어진 곳 인근에 CCTV가 설치되어 있더군. 물론 그 CCTV에 대해서 아는 사람은 거의 없고."

순간, 강유의 표정이 미묘하게 일그러졌다.

"CCTV가 있는데 그에 대해 아는 사람이 없다고?"

"있긴 있었는데 버려진 CCTV였어. 알지? 당신이 떨어져 내린 곳은 상당한 오지였어. 그런데 그 오지도 아주 오래전엔 꽤나 잘나가는 탄광이었어. 그러니 도로 관리용 CCTV가 있었다고 해도 이상할 것은 없었다는 소리지."

"버려진 CCTV라면 그 안에 내용물이……."

"있었어."

"……!"

화들짝 놀라는 강유에게 한명희가 USB를 건넸다.

"이 안에 모든 내용이 다 담겨 있다. 한 56시간 정도 녹화되어 있는 것 같더라고. CCTV가 옛날 것이라서 그 이상은 담을 수 없는 것 같았어. 하지만 그 시간 안에 모든 일이 다 벌어졌으니 충분히 이해는 되리라고 믿는다."

강유는 두 사람의 행동에 한 가지 의문점을 느꼈다.

"만약 네놈들이 CCTV를 조작한 것이라면?"

"그럴 리는 없겠지만, 만약 그게 의심된다면 당시의 사건 현장을 찾아가 보도록. 아직까지 CCTV가 설치되어 있으니."

"CCTV가 아니라 화면을 조작했다면?"

"그건 전문가를 찾아가서 감정을 받으면 그만인 사실이고."

"흠……."

"우리에게 의심을 품는 것은 이해가 되지만 당신에게 그런 말도 안 되는 치졸한 짓까지 서슴지 않을 정도로 바닥은 아니야."

그제야 강유는 두 사람에 대한 의심을 조금이나마 지웠다.

"좋아, 그럼 감정 후 다시 만나보도록 하지."

"좋을 대로."

돌아서는 강유에게 김재평이 말했다.

"아 참, 돌아가는 것은 좋은데 연락을 너무 늦게 주진 말았으면 해."

"……?"

"내가 상관할 바는 아니지만 자네의 동생과 어머니가 상당히 억울해질 수도 있거든."

강유는 대꾸도 없이 돌아서 유유히 사라졌다.

제5장

조사

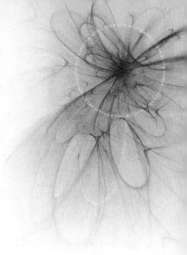

서울 강남의 한 클럽.

쿵쿵, 쾅쾅!

시끄럽게 울리는 비트 사이로 수많은 남녀의 환호성과 즐거운 괴성이 터져 나오고 있다.

화수는 정보 중대원 석민희의 제보를 받고 이곳을 찾아왔다.

석민희는 탈영병 중에서 여동생 때문에 총을 들고 뛰쳐나왔다는 정이수에 대한 뒷조사를 벌였다.

현재 정이수의 동생 정이나는 남자친구 최민석에게서 도망쳐 행적이 묘연한 상태였다.

정이나는 최민석을 상습 폭행 및 협박, 납치, 감금 등으로 고소를 한 상태이고 재판이 진행 중이었다.

구치소에 수감되어 있는 최민석이 밖으로 뛰쳐나올 리는 없지만 신변에 위협을 느낀다면서 변호사만 법원으로 보내고 있는 상황이었다.

그러나 두 사람의 결별에는 상당히 이상한 점이 많았다.

"놈에 대해서 알아보니 이상한 점이 한두 가지가 아니었습니다."

"…이상한 점이라?"

"그놈, 강남에서 아주 유명하더군요. 서울에서 상당히 잘나가는 건달이라서 돈도 꽤 많고 거느린 부하의 숫자도 상당히 많더군요. 한마디로 성공한 건달이라는 소리죠."

"그렇군."

"더군다나 그는 자신의 사람이라고 생각되는 사람은 무척이나 아낀답니다. 그런 사람이 자기 여자를 상습적으로 두들겨 팼다는 것은 뭔가 좀 이상한 구석이 있습니다."

"하지만 건달은 그럴 수도 있는 것 아니야? 직업적인 특성상 사람을 많이 패니까 자신도 모르게 손이 올라갈 수도 있지."

그녀는 고개를 저었다.

"듣자 하니 두 사람의 사이가 꽤 좋았다고 하더군요. 피차 서로가 첫사랑이었고 성인이 되고 난 후에 다른 사람을 만나다가 연인이 된 것이라 자잘한 실수 한 번 없이 평탄하게 잘 지내왔다고요."

"서로가 서로에게 잘 맞춰주는 사이였다?"

"예, 그렇습니다. 더군다나 그는 남자로서의 프라이드가 상당히 높아서 여자를 두드려 패거나 이해관계 없이 누군가를 협박하거나 감금하지 않는 사람이라고 했습니다."

"나름대로 낭만이 있는 놈이라는 건가?"

"사리 분별이 명확한 거죠. 똥인지 된장인지 구분도 못하고 주먹을 갈겼다간 신세 조지기 딱 좋다는 것을 알고 있는 겁니다."

"후후, 재미있는 놈인데?

"건달이긴 해도 꽤 그릇이 크다 싶습니다. 쓸데없이 힘자랑하지 않고 필요할 때에만 주먹을 쓴다. 그렇지만 주먹이 필요할 때엔 가차 없이 목덜미를 쳐버리는 냉철함까지, 그놈에 대한 평이 아주 좋아요. 20대 중반의 나이치곤 상당히 수완도 좋고 기질도 뛰어나다고요. 어떤 사람은 차차 큰 조직의 보스가 될 것이라고 칭송하기도 하던데요?"

"흠……."

"아무튼 그놈이 지금 구치소까지 간 것은 좀처럼 이해하기 힘든 상황입니다."

"하지만 폭행을 한 것은 사실이잖아?"

"글쎄요. 경찰서에 제출한 고소장은 변호사가 접수한 것이고 그녀의 상태에 대한 것도 전부 진단서로만 나온 겁니다. 진단서는 의사와 짜면 얼마든지 만들어낼 수 있지요."

화수는 그녀의 말에 대한 요지를 짚었다.

"그러니까 일부러 상황을 이렇게 만든 것이다?"

"알리바이를 만들어내려면 어쩔 수 없었겠죠. 그렇게 잘나가는 건달이라고 해도 어쩔 수 없는 상황이라는 것이 생기게 마련 아닌가요?"

"그렇다고 스스로 징역살이를 선택한다?"

"신분 세탁이라든가 조직에서의 자연스러운 탈퇴 등을 조건으로 받았을지도 모릅니다. 건달 중에는 스스로의 생활에 회의를 느끼는 경우가 많아요. 특히나 자리를 잡게 되면 더더욱 그렇죠."

두런두런 얘기를 나누며 클럽 앞에 서 있는 두 사람에게 샛노란 머리를 한 청년이 다가왔다.

"미니?"

"오빠!"

화수가 고개를 갸웃거렸다.

"누구?"

"제 정보원입니다."

샛노란 머리의 청년이 화수에게 껄렁껄렁하게 인사를 건넸다.

"킁킁, 안녕하쇼?"

"…약쟁이?"

"약을 파는 놈이니 약을 할 수밖에. 아저씨도 좀 줘요?"

"괜찮아. 난 약을 즐기는 사람이 아니거든."

"공짜로 줄 생각이었는데, 싫으면 말고."

연신 코를 킁킁거리는 것은 전형적인 마약의 중독 증상이다.

그와의 대면이 썩 유쾌하지는 않지만 얻어낼 수 있는 정보가 있다면 얘기가 다르다.

화수는 그에게 최민석에 대해 물었다.

"최민석이 이 근방에서 꽤 유명한 건달인 모양이지?"

"민석이 형님을 모르면 간첩입니다. 이 클럽도 그 형님이 직접 관리하는 겁니다. 모르긴 몰라도 근방에 있는 술집과 안마방 대부분이 그 형님의 수중에 있을 걸요?"

"그렇다면 돈이 꽤 많겠네?"

그는 고개를 저었다.

"일하는 것에 비해선 많이 못 벌죠. 아가씨들 조달하는 데돈 들어가지, 그 여자들이 돈 떼어먹으면 자기 돈으로 메워야 하지, 정신이 없을 겁니다. 그런 상황에서 상납금은 좀 많아요? 아무리 돈을 벌면 뭐 해요? 나가는 것이 절반인데."

"으음, 그래?"

"뭐, 그렇긴 해도 일반인보다는 많아요. 강남에서 큰소리칠 정도는 될 걸요?"

화수는 그의 인간성에 대해서도 물었다.

"그럼 그의 인간성은 어때?"

"인간성이요? 나쁘지는 않아요. 쓸데없이 사람 쥐어 패고 돈 뜯고 여자 때리는 그런 족속은 아니죠."

그의 얘기를 듣고 보니 정말 구치소에 들어간 것에 대한 의구심이 들었다.

화수는 그의 구치소 행에 대한 의견을 물었다.

"놈이 구치소에 간 것은 상당히 의외의 일이겠군?"

"모두 놀랐어요. 설마하니 그 형님이 여자를 패서 구치소에 갈 줄은 꿈에도 몰랐거든요. 건달이 무슨 가식이 필요하냐면서 호박씨를 깐 사람이라고 욕도 했어요."

"평소의 모습이 꽤 괜찮았던 모양이지?"

"건달 중에선 제일 괜찮았죠. 남자답고, 수완 좋고, 주먹 잘 쓰고, 나름대로 배려심도 깊고. 하지만 이해관계에 얽히면 가차 없어요. 진짜 웃으면서 사람을 회 뜰 위인이죠."

그는 최민석이 건달로선 아주 좋은 사람이라고 못을 박았다.

"건달로선 최고, 하지만 개인적으로 알고 지내고 싶지는 않아요. 잘못 걸리면 뼈도 못 추리니까요. 그렇지만 같은 건달이라면 밑에서 일하고 싶은 사람이긴 해요."

"그렇군."

화수는 석민희에게 그의 소재에 대해 물었다.

"그가 어느 구치소에 있다고?"

"서울 남부입니다."

"조만간 찾아가 보자고."

"예, 알겠습니다."

화수는 그에게 5만 원짜리 지폐 몇 장을 건넸다.

"팁."

"오오, 고마워요."

두 사람은 정보를 얻은 후 곧바로 근방에서 자취를 감추었다.

*   *   *

한명희에게서 받은 USB를 확인해 본 강유는 공공연한 충격에 빠져 있었다.

"…사람이 정말 겉과 속이 저렇게 같을 수가 있을까?"

차량을 떠밀어놓고 사람을 보내 조사를 하고 그 뒷수습까지 직접 참관한 최필준은 강유가 없는 틈을 타서 날개를 달았다.

지금 회사의 지분이 최필준에게 다량 넘어간 것도 강유가 사라졌기 때문이고 최필규가 지금 숨어 사는 것도 다 집안을 위한 일이었다.

아마 최필규가 지금까지 살아 있다는 사실을 그가 알았다면 동생이고 어머니고 결코 살아남지 못했을 것이다.

그만큼 최필준은 물불 안 가리고 사람들을 없애 버릴 냉혈한에 소시오페스라는 소리다.

그나마 지금 동생 강제가 강하게 나오고 있기 때문에 그가 한발 물러난 것뿐이지, 잘못하면 또 최필준의 칼날이 동생의 목을 찌를지도 모른다.

강유는 자신을 죽이고 아버지까지 죽은 사람으로 만든 최필준을 가만히 내버려 둬선 안 된다고 생각했다.

"그래, 삼촌이고 나발이고 일단은 내 핏줄이 먼저 살고 봐야지."

처음 강유가 아버지를 만났을 때 그는 강유에게 사태가 잠잠해질 때까지 숨어 지내라고 조언했다.

그는 아버지와의 정이 별로 깊지는 않지만 그렇다고 아버지의 뜻에 무조건 반항하는 머저리도 아니었다.

하지만 이제 강유는 가족들의 목숨만 무사하다면 그를 피해 도망칠 필요가 없어졌다.

"아주 하늘 무서운 줄 모르고 날뛰는 꼴이 망나니가 따로 없군. 후후, 이번에 내가 나타났다는 소식을 들으면 어떻게 설치는지 한번 보자고."

그는 한강일보 사회부 편집장에게 전화를 걸었다.

―여보세요?

"안녕하십니까? 한강일보 사회부 편집장님 되시죠?"

―…제 번호를 어떻게 아셨습니까?

"잘 알지요. 한때 열혈 기자이던 당신을 내가 밀어줘서 그 자리까지 간 것 아닙니까?"

순간, 편집장 장만호의 목소리가 낮게 깔렸다.

―당신 누구야?! 누군데 국회의원…….

"최강유의 흉내를 내느냐고?"

―…….

"흉내가 아니라 내가 최강유입니다. 이제는 은인의 목소리도 못 알아들어요?"

장만호의 목소리가 서서히 떨려온다.

―저, 정말 의원님이십니까?!

"그렇다니까요. 내 목소리 여전하잖아요?"

―그렇군요. 그 말투도 여전하고.

"아무튼 만나서 얘기합시다. 내가 당신에게 아주 대박 사건을 하나 선물할게요."

─물론입니다! 어디서 만날까요?

"한강으로 오세요. 우리가 자주 만나던 그곳에서 기다리겠습니다."

강유는 약속을 잡아놓고 곧장 한강으로 향했다.

오후 네 시경, 강유가 한강이 도착했을 때엔 이미 장만호가 그를 기다리고 있었다.

강유는 조금 놀라 그를 바라보았다.

"이야, 벌써 나오셨어요?"

"…정말이네? 의원님, 살아 계셨군요!"

"마치 내가 돌아오면 안 되는 사람처럼 얘기하시네요?"

"뭐, 그런 것은 아닙니다만 일이 조금 복잡해지긴 하겠네요."

그는 강유가 죽고 난 후의 일에 대해 상세히 말해주었다.

"의원님께서 가지고 계시던 계열사와 개인 회사들이 전부 남의 손에 넘어갔어요. 의원님이 돌아가시고 난 후 남은 주식을 그놈들이 모두 다 꿀꺽한 것이지요."

"그럼 내가 대주주로 있던 한강일보 그룹도 남의 손에 넘어갔겠군요?"

"당연하죠. 저쪽에서 공중에 붕 뜬 주식을 가만히 보고만 있겠어요? 안 그래도 의원님 일가를 못 죽여서 안달인 놈들이었는데."

"…역시는 역시였군."

"아무튼 지금 그놈들 때문에 회사가 개판입니다. 이제는 회사가 공중분해되는 것은 시간문제입니다. 아시다시피 광명그룹이 공중분해되는 것은 생각보다 엄청난 여파를 몰고 올 겁니다. 더군다나 광명그룹 산하에 수많은 계열사 중에는 언론사와 일부 금융권도 맞물려 있어서 기업이 한번 잘못 움직였다간 난리가 날 겁니다."

강유는 모든 것을 자신이 앞장서서 해결해야 한다고 생각했다.

"어찌 보면 모든 것이 나로 인해 벌어진 일이니 결자해지라 생각합니다."

"어쩔 생각이십니까?"

그는 장만호에게 한강일보 사장 자리를 제안했다.

"만약 시나리오대로 잘 움직여 줘서 내가 회사를 되찾게 된다면 당신에게 사장 자리를 넘기겠습니다. 어때요?"

"계획은 있는 것이지요?"

"뭐, 일단 어느 정도는요."

장만호는 고개를 끄덕였다.

"어차피 이 자리에 올려준 사람도 의원님이고 의원님이 없으면 나락으로 추락할 것이 뻔합니다. 무조건 해봐야지요."

"그래요, 잘 생각했습니다."

강유는 장만호에게 USB를 하나 건넸다.

"이것을 대대적으로 터뜨려 주세요. 내가 살아 있다는 것을 알리는 동시에 터뜨려야합니다."

"이게 뭡니까?"

"나중에 방에 가서 혼자서 열어보세요. 기사는 직접 쓰시고 이것을 터뜨리기 전까진 아무도 몰라야 합니다."

"알겠습니다. 분부대로 하지요."

강유는 장만호에게 핸드폰을 하나 건넸다.

"대포폰입니다. 세탁이 깔끔하게 된 것이니 위치 추적이나 발신자 역추적은 불가능합니다. 도청도 안 되는 핸드폰이니 나에게 연락할 때만 사용하세요."

"잘 알겠습니다."

이제 드디어 수면 아래로 잠들어 있던 강유가 대대적으로 나설 때였다.

*   *   *

화수와 이혜영 소령이 서울남부 구치소를 찾았다.

이곳에는 상습 폭행 및 금품 갈취, 협박, 납치 감금 등의 혐의로 재판이 진행 중인 최민석이 수감되어 있었다.

최민석은 1차 공판을 마치고 2차 공판 이후에 교도소에 수감될 예정이다.

그는 자신을 찾아온 두 사람을 바라보며 고개를 갸웃거렸다.

"얼굴도 모르는 사람들이 사식을 넣어주다니, 고맙긴 한데… 댁들은 뉘쇼?"

"당신이 최민석입니까?"

"그렇소만?"

최민석은 강남 최고의 폭력 조직인 블랙박스의 행동 대장급 건달이었다.

중간 보스가 되는 동안 교도소를 제 집 드나들 듯 드나든 그에게 지금의 이 상황은 그리 큰 문제도 아니었다.

심드렁한 표정의 최민석을 바라보며 이혜영이 물었다.

"정이나 씨를 아시죠?"

"…그년 때문에 내가 이 고생을 하고 있는데 그 이름을 물어? 사람 염장 지르러 온 거야? 사시미로 회 한번 떠줘?"

"당신이 원한다고 해서 우리에게 칼침을 놓을 수는 없을 겁니다. 그전에 총탄에 맞아 숨질 것이 뻔하거든요."

그녀가 신분증을 꺼내 들자 그 안의 내용을 읽은 최민석이 입을 삐죽 내밀었다.

"…씨발, 군바리가 여기까진 무슨 일이야? 그리고 요즘 세상에 어떤 군인이 민간인을 총으로 쏴 죽이나?"

"죽일 수도 있죠. 수틀리면 쏴 죽이고 몬스터의 시신과 함께 처리하면 누가 알아요?"

"허 참, 건달보다 더한 사람들일세."

"그러니 말 곱게 해요. 잘못했다간 대가리에 바람구멍이 나는 수가 있으니까."

날이 잔뜩 선 두 사람에게 화수가 중재의 말을 건넸다.

"아무튼 그만 싸우고 본론부터 말해봅시다."

"본론?"

"최민석 씨, 당신의 애인이자 폭행 피해자인 정이나 씨에 대해 듣기 위해서 이곳까지 왔습니다."

"이나를 알아?"

"잘 모릅니다. 그러니까 당신을 찾아왔지요. 어려서부터 지금까지 친구로 지내다가 최근에 연인으로 발전했다고 들었습니다. 그렇다면 그 누구보다 그녀를 잘 알 것 아닙니까? 그래서 조언 좀 구하고자 온 것이지요."

그는 실소를 흘렸다.

"훗, 번지수 한참 잘못 짚었군. 이봐, 내가 그년에게 그렇게 감정이 좋은 상태인 것 같아?"

"글쎄요. 그리 좋지는 않겠지요."

"그런데 그년에 대해서 묻겠다고? 정신이 어떻게 된 것 아니야?"

"뭐, 그럴 수도 있고요."

화수는 그에게 평소 지인들에게서 전해 들은 바에 대해 말했다.

"아무튼 그 여자에 대해서 말하기 전에 당신에 대해서 먼저 얘기해 보지요. 당신은 평소 부하들에게 인기가 아주 좋은 보스였더군요. 따르는 사람도 많고 조직 내에서 입지도 단단하고요."

"그럼 건달이 인맥도 없이 생활할 줄 알았나?"

"그런데 말입니다. 그 사람들 말이 당신이 냉혈한이긴 해도 양아치는 아니라고 하던데, 맞습니까?"

그는 실소를 흘렸다.

"양아치라… 양아치의 기준이 뭔데? 내가 이 나이에 초대형 조직의 중간 보스까지 올 수 있었던 이유가 뭐라고 생각하나? 그건 바로 인간이기를 포기했기 때문이다. 나는 내 앞길을 막는 놈들을 결단코 용서해 본 적이 없어."

"알아요. 하지만 쓸데없이 주먹을 휘두를 사람이 아니라고 했습니다. 여기까지 오는데 쓸데없이 사람이나 패고 다녔다면 당신은 결코 여기까지 올 수 없었을 겁니다. 건달은 사리 분별이 확실해야 합니다. 똥인지 된장인지 구분도 못하고 주먹부터 들이대면 성공할 수가 없죠."

"하하, 아주 건달 생활을 글로 배웠군! 그렇게 완벽하게 잘 알 것 같으면 당신이 직접 건달로 나서지 그래?"

화수의 말을 아주 자연스럽게 맞받아치는 그에게 이혜영이 말했다.

"뭐, 우리가 당신을 너무 포장하는 것 같지만, 사실상 성공한 건달들은 대부분 당신과 같은 성격을 가지고 있습니다. 아주 나쁜 사람 같지는 않아도 한번 수틀리면 가차 없이 목숨을 앗아갈 수도 있죠. 그게 바로 기질이라는 겁니다."

"기질. 그래, 건달 중엔 좋은 기질을 가진 사람이 분명 있어. 그런데 그 기질, 일반인의 기준으로 봤을 때엔 썩 좋은 기질이 아닐 텐데?"

"뭐, 그건 그렇죠. 하지만 최소한 스스로 멍청한 짓을 벌일 정도는 아니라는 소리 아니겠습니까?"

"뭐, 이것도 인생 경험이라면 나쁠 것 없지. 어차피 감옥에 널리고 깔린 것이 내 동생들이니."

"……."

최민석은 잠시 정적을 유지하는 두 사람에게 조심스레 물었다.

"…개소리는 그만하고, 진짜 나를 찾아온 이유가 뭐야?"

"뭐라고요?"

"이봐, 내가 이 바닥에서 몇 년을 굴러먹은 줄 알아? 지금까지 칼침 맞고 안 죽은 것은 모두 짬밥으로 쌓은 눈치 덕분이다. 이래 봬도 사람 표정만 봐도 무슨 생각을 하는지 다 안다고."

화수와 이혜영은 조금 놀란 표정으로 그를 바라보았다.

하지만 이내 그들은 평정심을 되찾고 질문을 던졌다.

"그래, 좋습니다. 단도직입적으로 묻죠. 당신, 도대체 누구의 사주를 받은 겁니까?"

"사주?"

"쓸데없이 여자를 폭행할 사람이 아닌 것 알아요. 그런데 왜 여자친구를 그렇게까지 폭행했죠?"

최민석은 실소를 흘렸다.

"후후, 당신들은 도대체 건달을 뭐라고 생각하는 거야? 주먹으로 비즈니스를 하는 사람들? 그래, 그것도 틀린 소리는 아니야. 하지만 그렇다고 해서 우리가 무슨 낭만을 가지고 주먹을 쓰지는 않아. 제아무리 사리 분별이 빠른 건달이라고 해도 뚜껑이 열리면 별수가 없어. 사람이거든."

"원숭이나 나무에서 떨어지듯 마구 주먹을 내갈길 때가 있다는 뜻입니까?"

"그래. 광기 하나로 먹고사는 직업이라 눈알이 한번 뒤집히면 스스로도 제어할 수가 없어."

"그런 이유로 여자친구를 감금하고 폭행했다?"

"뭐, 그런 셈이지."

이혜영은 고개를 갸웃거렸다.

"그렇지만 그렇게 사이가 좋던 그녀에게 상습 폭행을 가할 정도로 심각한 일이 뭐가 있어?"

"거참, 남녀 사이에 대해서 너무 깊게 알려고 하는군. 우리가 왜 싸웠는지까지 얘기해야 해?"

"얘기해야죠. 우리가 마음만 먹으면 당신 둘을 깡그리 잡아다 정보사로 데리고 가서 족칠 수도 있으니까요."

"…뭐가 어째?"

그는 실소를 흘렸다.

"후후, 미쳤군. 아무리 군인이라도 재판 중인 나를 데리고 나갈 수 있을 것 같아?"

"군인이긴 하지만 그럴 권한을 가지고 있긴 하죠."

화수는 그에게 대통령 특사 배지를 보여주었다.

"나는 사법부와 연계하여 당신을 내사할 수 있는 권한이 있습니다."

"……!"

"특사, 대통령 직속으로 움직이는 사람입니다. 내가 당신을 잠시 데리고 가서 물고 내고 데리고 온다고 해도 법적으로 문제가 안 됩니다."

조금 당황한 듯한 그에게 화수가 밀어붙이듯 물었다.

"어때요? 이래도 얘기할 생각이 안 들어요?"

"…특사라… 상상도 못 한 사람이 찾아왔군."

"사건이 꽤 중차대합니다."

특사라는 얘기를 들은 최민석의 표정이 서서히 변하였다.

"중차대하지. 군부의 기밀을 유출시킨 장성을 내사하는 일인데. 그렇지 않아?"

"……?"

그는 화수에게 한마디를 남기고 돌아섰다.

"블랙박스파 삼식이를 찾아가 봐."

"삼식이?"

"그럼 난 이만."

최민석이 자리에서 일어나 교도관을 불렀다.

"면회 끝!"

두 사람은 최민석에게 숨겨진 뭔가가 있다고 생각했다.

"내사에 대한 것은 어떻게 알았을까요?"

"글쎄, 일단 삼식이라는 놈을 찾아가 봐야 알겠지."

그들은 블랙박스파의 구역인 강남으로 향했다.

*　　　　*　　　　*

강남의 불법 안마 시술소 '필링'으로 화수와 이혜영이 들어섰다.

안마 시술소의 관리인이 이혜영을 저지했다.

"누님, 여성용 안마 시술소는 건너편에 있습니다. 그곳으로 가십시오. 이곳은 아가씨들밖에 없어요."

"여자는 들어오면 안 됩니까?"

관리인은 실소를 흘렸다.

"뭐, 안 될 것은 없죠. 하지만 들어가려는 아가씨가 있을지 모르겠군요."

"그럼 일단 들어가 봅시다."

화수는 계산을 하는 단계에서 신용카드를 건네며 말했다.

"두 명 계산해 줘요."

"네, 알겠습니다."

신용카드로 계산하는 관리인에게 화수가 물었다.

"이곳에 삼식이라는 사람이 있습니까?"

"누구요?"

"삼식이요. 최민석이라는 놈이 삼식이를 찾아가라고 전했습니다."

순간, 계산대 뒤에 있던 공간에서 우락부락한 인상의 사내가 걸어 나왔다.

그는 살벌한 눈빛으로 화수를 바라보았다.

"…뭐 하는 놈들인데 우리 형님을 들먹이는 거냐? 죽고 싶어서 환장한 건가?"

"난 최민석이 시킨 대로 했을 뿐이다."

삼식이는 두 사람을 안마방 대기실로 안내했다.

"따라와라. 만약 얘기 몇 마디 나누어봐서 아닌 것 같으면 곧바로 피바다 되는 거다. 알겠나?"

"물론이다."

안마방은 어두컴컴한 여관의 형태로 되어 있었는데, 사람 서너 명쯤 들어가 있어도 좁은 느낌은 들지 않았다.

삼식이는 두 사람에게 앉을 것을 권했다.

"앉지. 맥주 괜찮나?"

"좋지."

그는 냉장고에서 맥주 세 병을 꺼내 뚜껑을 모두 열었다.

뽕!

놀랍게도 맨손으로 병뚜껑을 연 삼식이는 고개를 돌려 문 가까이로 귀를 가져다 댔다.

"뭐 하는……"

"쉿!"

잠시 후, 삼식이가 가슴을 쓸어내리며 말했다.

"…걸리는 줄 알았네."

"걸려? 뭘……"

"잠입 수사를 벌이고 있는데 대통령 특사가 이곳에 왔다는 사실이 알려지면 어떻게 되겠어요?"

순간, 화수가 화들짝 놀라서 되물었다.

"그, 그걸 어떻게 알았습니까?"

"형님, 아니지, 최민석 요원이 전화를 주었습니다."

두 사람은 지금 이 사람이 무슨 소리를 하는 것인지 이해를 할 수가 없었다.

"자, 잠깐, 요원이라니요? 최민석은 우리에게 그런 말을 하지 않았는데."

"못 했겠죠. 보는 눈이 몇 개인데."

삼식이는 화수에게 ID카드 한 장을 꺼내어 보여주었다.

국정원 특무 수사반 허상식

화수는 적지 않게 놀랐다.

"국정원?!"

"특무 수사반은 국정원 내에서도 대통령에게 직접 지시를 받아 움직이는 청와대 직속 기관입니다. 소속은 국정원이지만 청와대에 속해 있다는 것이 오히려 옳을 겁니다."

"허어."

그는 화수에게 명함을 한 장 건넸다.

"정이나 씨를 찾고 계셨지요?"

"그, 그렇습니다."

"정이나 씨 역시 특무 수사반 소속입니다. 최민석 요원과는 실제 연인 관계이고요."

화수는 자신이 받은 명함을 확인해 보았다.

육군 수도 방위 사령부 제1 방공 여단 정보장교 대위 김이영

명함에는 다른 사람의 이름이 적혀 있었다.

"김이영 대위라고……."

"위장 수사입니다. 지금 법원에 고소장을 접수한 명의는 진짜 김이나 씨의 것이고 그녀의 몸은 지금 김이영이라는 사람으로 위장하여 잠입해 있지요."

"뭐가 어떻게 된 것인지……."

그는 연신 시계를 바라보며 말했다.

"이제 곧 부하들이 몰려올 겁니다. 더 이상은 시간이 없으니 나머지는 김이영 씨를 찾아가서 들으십시오."

"알겠습니다."

잠시 후, 그의 말대로 15명 남짓한 인원이 우르르 몰려왔다.

똑, 똑!

"형님, 괜찮으십니까?!"

곧장 문을 연 허상식이 두 사람에 대해 대충 둘러댔다.

"큰형님의 고향 후배들이다. 저 여자 분은 사촌이시고."

"…죄송합니다! 그런 줄도 모르고 실례를!"

"아닙니다. 괜찮아요."

허상식은 화수에게 꾸벅 고개를 숙였다.

"그럼 살펴 가십시오!"

"고맙습니다."

화수가 돌아서 나가는데, 관리인이 그에게 카드 취소 전표를 건넸다.

"결제하신 금액은 저희가 알아서 취소했습니다."

"고맙군요."

두 사람은 이제 방공 여단으로 향하기로 했다.

*   *   *

늦은 밤, 화수의 차가 대전 유성으로 향하고 있다.

부르르르릉!

그는 전화기를 들어 누나 지수에게 옷가지를 부탁했다.

"누나, 오늘 집에 들어가서 옷만 갈아입고 갈 테니까 짐 좀 싸줄 수 있을까?"

—무슨 출장이 이렇게 잦아? 레비아탄 작전이 끝나고 휴가

를 받은 것 아니었어? 진급도 했다면서 뭔 일을 이렇게 미친 듯이 하고 다녀?

쏟아지는 누나의 잔소리에 화수는 웃음으로 대처했다

"하하, 그럴 수도 있는 거지. 원래 부패 관료가 아닌 이상에야 직급이 올라가면 일을 더 열심히 해야 하는 것 아니야?"

―뭐, 그렇긴 하지만…….

"아무튼 해줄 수 있어?"

―알겠어. 짐 싸놓을 테니까 밥은 먹고 나가.

"알겠어. 금방 들어갈게."

―그래.

화수가 동네로 들어가는 길목에 들어섰을 때쯤, 익숙한 차 한 대가 보였다.

파란색 준중형 차에 야차 중대의 앰블럼이 박힌 저 차는 이 세상에 단 한 대밖에 없었다.

"어, 어라?"

그는 파란색 자동차 앞에 자신의 차를 세웠다.

화수는 차에서 내려 파란색 준중형 차의 차창을 두드렸다.

똑똑.

그러자 차 문이 열리며 성희가 내렸다.

"화수 씨!"

"언제부터 여기서 기다린 겁니까?"

"오늘 집에 온다는 소식을 듣고 기다리고 있었죠."

"참, 이번 작전 끝나면 휴가 나올 텐데 뭐하려고 힘들게 기다리고 있어요?"

화수위 타박 아닌 타박에 그녀가 입술을 삐죽 내밀었다.

"피이, 보고 싶어서 왔더니 타박부터 하기예요?"

"하하, 아닙니다. 미안해요. 그냥 걱정이 되어서 해본 소리예요."

그녀는 화수의 손을 잡고 자신의 차로 이끌었다.

"일단 타요. 커피 한 잔 마실 시간은 있죠?"

"한 15분에서 20분 정도 시간이 있습니다. 지금 누나에게 짐을 싸달라고 부탁을 해두었거든요. 짐을 다 싸는 데 시간이 좀 걸릴 테니 커피를 마실 수는 있을 겁니다."

"누님이 고생이 많으시네요. 언제 선물이라도 좀 해야겠어요."

"그래요. 나중에 같이 골라줘요."

성희의 작은 차에 타니 화수와 함께 찍은 사진과 야차 중대의 앰블럼이 곳곳에 장식되어 있었다.

화수는 그중에서도 데시보드에 붙어 있는 자신의 명찰과 부대 마크를 발견하곤 미소를 지었다.

"내 이름과 부대 마크가 여기 있네요."

"이젠 야차 중대가 아니라 여단으로 바뀌었잖아요? 그래서 버릴 바엔 이 사람이 내 임자라고 자랑 좀 하고 다니려고 매달았어요."

"하하, 이러면 확실히 누가 찝쩍거리진 못하겠군요."

"헷, 어때요? 머리 좋죠?"

"그러게요."

그녀가 화수의 핸드폰을 집어 들었다.

"바로 어제 새 차로 뽑아서 오늘 완성되었어요. 기념으로 사진 한 장 남겨야죠?"

"그럽시다."

성희가 화수의 핸드폰을 켜자, 그 안에 문자메시지와 군사용 SNS 메시지가 가득 차 있다.

그녀는 핸드폰을 켜자마자 잔소리부터 했다.

"이렇게 확인 안 한 메시지가 섞여 있으면 중요한 문자를 못 받을 수도 있잖아요?"

"확인할 시간이 없으니까요."

"참……."

직접 문자메시지 창을 열어 메시지를 정리하던 그녀가 불현듯 손을 멈추었다.

"…으응?"

"왜요?"

성희는 떨리는 손으로 카드 사용 내역을 열어 화수에게 보여주었다.

강남 미인도 마사지 전문 숍

순간, 화수가 화들짝 놀라 두 손을 내저었다.

"…충분히 오해할 소지가 있다는 것 압니다. 하지만 이건 그런 것이 아니에요."

"미인도… 좋았어요?"

"아, 아닙니다! 마사지를 받은 것이 아니고……."

성희는 물기 어린 촉촉한 눈으로 말했다.

"크흠, 뭐, 남자가 일을 하다 보면 그럴 수도 있죠. 나, 난 이해해요."

"아, 아닙니다! 정말 아니에요!"

"…저 그렇게 속 좁은 여자 아니에요. 화수 씨 나이가 몇인데 안마방을 갈 수도 있죠. 그래요, 직업이 직업이다 보니……."

"허, 허어! 정말 아니라니까 그러네!"

화수는 불현듯 아까 받은 취소 내역 전표를 내밀었다.

"아, 맞다! 아까 카드 취소했어요! 자, 봐요!"

취소 내역 : 강남 미인도 마사지 전문 숍 400,000원

취소 전표를 보여주긴 했어도 마사지 숍을 간 것은 사실이
니 그녀의 마음이 풀어질 리 없었다.

"…난 정말 괜찮다니까요? 저, 저는 다 이해해요. 화수 씨가
아, 안마를 받는 건… 그래요, 괜찮아요. 그렇다고 그 여자와
살림을 차릴 것은 아니잖아요?"

"아아, 정말 아닌데."

바로 그때, 화수의 전화기가 울렸다.

따르르르릉!

발신자 : 이혜영 소령

그녀는 화수에게 전화를 건넸다.

"…바쁜 것 같네요. 이혜영 소령이면 새로 들어왔다는 그
중대장 아니에요?"

"마, 맞습니다."

"받아요. 난 괜찮아요."

화수는 고개를 저었다.

"나, 난……"

"받아요."

그녀는 화수에게 통화 버튼을 눌러서 건넸다.

그러자 화수를 부르는 그녀의 목소리가 들려왔다.

—장군, 소령 이혜영입니다! 지금 어디십니까?

"험험, 집 앞에 다 왔어. 이제 짐만 싸고 바로 출발할 거야."

—그렇습니까? 그럼 전술 비행기를 띄우려 하는데 차라리 최산용 중령이 그곳으로 가는 편이 낫지 않겠습니까?

"그, 그런가?"

저 멀리서 최산용 중령의 목소리가 들려왔다.

—제가 가겠습니다! 그곳에 계십시오!

"아, 알겠네."

이윽고 전화를 끊은 화수에게 그녀가 떨떠름한 표정으로 말했다.

"…그럼 바쁘신 것 같은데 이만 가볼게요."

"아, 아니요! 성희 씨, 오해예요! 5분만 시간을 주신다면 제가 전부 다 설명을……."

"갈게요."

그녀는 직접 손을 뻗어 화수가 내릴 조수석 문을 열어주었다.

철컥!

유난히도 거칠게 열린 문이 못내 야속한 화수다.

"그, 그게……."

"연락할게요."

어쩔 수 없이 차에서 내린 화수 대신 그녀가 문을 닫았다.

쾅!

"…꼬였네, 꼬였어."

그녀는 화수가 변명할 기회도 주지 않은 채 차를 몰아 사라
져 갔다.

제6장
비밀과 비밀

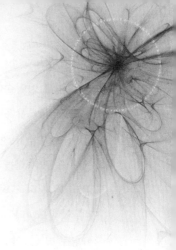

　수도 방위 군단 사령부가 있는 서울 금천구로 야차 여단의
전술 비행기가 도착했다.

　휘이이이잉!

　초저소음 비행으로 도착한 전술 비행기 앞으로 대위 계급
을 단 여군이 다가왔다.

　그녀는 화수가 내리자마자 경례를 붙였다.

　척!

　"충성!"

　"충성."

"기다리고 있었습니다."

"조용히 애기할 곳이 있습니까?"

"만약 비행기를 계속 사용하실 것이라면 이곳에서 조금 떨어진 곳으로 가시는 것이 나을 것 같습니다."

"뭐, 그럽시다. 그럼 가는 동안 애기를 좀 할까요?"

"예, 알겠습니다."

사령부 인근 야산에 안착한 전술 비행기는 그녀를 태우곤 소리도 없이 다시 이륙하였다.

인원 수송 칸에 탄 그녀에게 화수가 물었다.

"정이나 씨 되시죠?"

"예, 제가 정이나입니다."

"듣자 하니 국정원 소속이라고 하던데, 맞습니까?"

그녀는 자신의 품속에 잘 갈무리하고 있던 국정원 신분증을 꺼내어 화수에게 보여주었다.

화수는 그녀의 신분증을 확인하자 이 모든 것이 사실이라는 것을 인정하였다.

"그러니까 지금 이 모든 것이 국정원 특무 수사반을 통해 벌어진 작전이라는 소리지요?"

"그렇게 생각하시면 쉽습니다. 하지만 저희 특무 수사반이 작전에 투입된 것은 하루 이틀의 일이 아닙니다. 무려 3년 넘게 공을 들여 작전을 짰습니다. 지금 군부에 뿌리박은 끄나풀을 통으로 뽑아내려면 이 수밖에 없었습니다."

"흠······."

"그리고 그 무엇보다 이들이 지금 벌이고 있는 엄청난 짓의 전말을 밝히기 위해선 증거들이 필요했습니다. 그래서 목숨을 걸고 작전을 수행하고 있는 것이죠."

"엄청난 짓이라니요?"

그녀는 화수에게 보고서 한 장을 건넸다.

몬스터 사용화에 대한 보고서 : 제일화학 선임 연구원 여성 춘

화수는 고개를 갸웃거렸다.

"제일화학?"

"겉으론 화학회사를 가장하고 있지만 제레보다 더 높은 하이테크놀로지를 가진 생명과학 연구소입니다. 이놈들은 몬스터를 생체 병기로 사용할 수 있는 연구를 진행하고 있습니다."

순간, 화수는 화들짝 놀라며 물었다.

"그, 그럴 수가 있습니까?! 몬스터를 무슨 수로 병기화하여 사용한단 말입니까?"

"가능은 합니다. 그래서 국방부가 주도하여 이 실험을 진행하였지요."

그녀는 몬스터 병기의 이론에 대해 설명하였다.

"몬스터의 줄기세포를 복제하여 심장에 몬스터 코어를 심고 뇌하수체에 컴퓨터를 연결하는 겁니다. 그리고 몬스터 병기의 신경을 컴퓨터가 제어하여 병기로 사용하는 것이지요."

"허, 허어!"

"지금은 아주 작은 몬스터부터 실험에 착수하고 있습니다. 현재는 오크와 비슷한 등급의 몬스터까지 제어할 수 있는 것으로 확인되고 있지요."

몬스터를 제어한다는 것은 생각보다 훨씬 더 대단한 일이라 볼 수 있었다.

지금까지는 몬스터를 인간이 상대해야 했기에 인명 피해와 재산 피해가 발생할 수밖에 없었다.

그러나 그 모든 직무를 인간 대신에 몬스터 병기가 해준다면 더 이상의 인명 피해는 발생하지 않을 것이다.

그녀는 몬스터 병기의 폐단에 대해서 설명하였다.

"그들이 개발한 이 병기들은 혁신에 가까운 발명입니다. 앞으로 사람이 할 수 없는 일을 몬스터가 대신해 줄 것이고 군대 역시 인간이 아닌 몬스터가 대신 조직하게 되겠지요. 그런데 몬스터 군단을 조직하자면 살아 있는 사람의 뇌와 신경체계가 필요합니다."

"그게 무슨 소리입니까?"

"몬스터의 신경체계를 제어하자면 그에 대한 정확한 이해가 필요한데, 몬스터의 줄기세포를 복제하여 새로운 생명체를 만들어낼 때마다 그 신경체계가 변하곤 했습니다. 한마디로 개체마다 신경체계가 달라서 제어가 불가능하다 볼 수 있지요."

"그러니까 그 신경체계를 인간의 것으로 대신한다는 소리입니까?"

"정확합니다."

"허, 허어!"

"지금으로선 몬스터 병기 하나를 제작하는 데 사람 한 명이 필요한 셈이죠."

그녀는 뇌하수체 문제 말고도 또 다른 문제를 제기하였다.

"그리고 또 한 가지 문제가 있습니다. 몬스터의 뇌하수체를 인간의 것으로 대체하더라도 그것을 100% 제어할 수 있다는 보장이 없습니다. 어찌 되었든 간에 생체 병기의 신체는 몬스터의 것이기 때문에 돌발 행동이 튀어나온다고 해도 이상할 것이 없습니다."

"흠……."

"실 예로 초기 몬스터 병기가 개발되는 데 죽어나간 연구원이 무려 150명이었습니다. 몬스터를 개조하여 병기로 만들었기 때문에 한 번 발작하면 도무지 막을 방법이 없습니다. 그래서 발작이 일어날 때마다 100명이 넘는 인명 피해가 발생하게 되었습니다."

"한마디로 몬스터를 제어한다는 것은 거의 불가능하다고 보면 되겠군요."

"예, 그렇습니다. 그래서 국방부에선 이 실험을 폐기하였습니다. 더 이상 몬스터를 인간이 제어한다는 것은 불가능하다고 여긴 것이지요."

"그렇지만 상부의 지시에 따르지 않은 것이군요?"

"맞습니다. 국립 과학기술 연구원에서 진행되던 연구 자료를 들고 선임 연구원과 그 휘하 열 명의 팀원이 탈주를 감행하였습니다. 그러곤 그 자료들을 모종의 세력에게 넘겼습니다."

"모종의 세력이라면……."

"지금 군부에 뿌리를 박은 끄나풀의 전신입니다. 우리가 밝혀낸 바에 의하면 '제네시스 스쿼드'라는 이름의 집단입니다. 더 자세한 것은 아직 우리도 잘 몰라요."

"으음……."

"그렇지만 이들이 정, 재계, 심지어 군부와 암흑가에까지 마수를 뻗치고 있다는 사실을 알아냈습니다."

화수는 제네시스 스쿼드라는 놈들이 도대체 왜 이런 짓을 하고 있는 것인지 궁금해졌다.

"놈들의 목적이 무엇인지는 알아냈습니까?"

"아니요. 그들의 끄나풀을 잡아다 아무리 족쳐봐야 입을 열 생각도 하지 않습니다."

"흠……."

"그러나 한 가지 확실한 것은 그들의 끄나풀이 퍼져 있는 기업과 군부의 거처는 확인되었다는 겁니다."

"그곳이 어디입니까?"

그녀는 화수에게 명함 몇 장과 지도에 표시된 곳을 확인시켜 주었다.

"한국 대부업계의 큰손이던 C&C그룹, 대한민국의 안성그룹, 광명그룹, 태인그룹 등이 재계의 끄나풀이 속한 집단입니다. 군부의 경우엔 수도 방위 사령부, 남부 해안 수비 사령부가 있습니다. 모두 이천임 중장이 잠입했던 곳이지요."

화수는 고개를 갸웃거렸다.

"C&C그룹은 고려금융 지주그룹이 되었습니다. 그렇다면 그들의 내부에도……."

"있습니다."

순간, 화수의 표정이 싸늘하게 굳었다.

'그놈들, 아주 예전부터 뿌리를 박고 있었구나.'

그녀는 계속해서 말을 이어나갔다.

"암흑가는 강남 블랙박스파, 대전 엑스파, 부산 갈치파, 울산 진해파가 있습니다. 이들 모두 대한민국에서 이름깨나 날리는 조폭 집단입니다. 더러는 중견 기업으로까지 발전한 경우도 있습니다. 우리는 경찰과 합작하여 그 끄나풀에 대해 조사하고 있습니다만, 전말을 모두 다 밝히는 것은 쉽지 않습니다."

"그렇다면 최민석 요원 역시 잠입 수사에 동원된 사람입니까?"

"네, 그렇습니다. 저 역시 그들의 사업장 내부로 잠입하기 위해서 투입되었다가 연이정 요원, 그러니까 가명으론 정이수 일병의 알리바이 입증과 더불어 군부로의 잠입을 명령 받았지요."

"아하, 그러니까 연이정 요원이 원래는 친오빠가 아닌 것이군요?"

"저는 무남독녀 외동딸입니다. 오빠나 언니는 없어요."

"그렇군요."

그녀는 화수에게 수도 방위 사령부 내부에서 빼낸 인사 자료들을 넘겼다.

"대통령 각하께서 장군을 이곳으로 부른 이유는 당신의 인맥 때문입니다."

"인맥이요?"

"기무 사령부부터 정보사, 심지어는 국정원까지 인맥이 걸쳐 있는 당신이라면 우리보다 훨씬 빠르게 일을 정리할 수 있다고 생각한 겁니다. 우리가 아무리 정보 조직이라고 해도 친분까지 어떻게 할 수는 없습니다."

"그러니까 내가 내 친한 지인들을 이용해서 사건을 해결할 수 있다는 겁니까?"

"이용이라··· 뭐, 이용이라면 이용이죠. 하지만 그들에게 충분한 도움을 주었다고 들었습니다. 제 생각엔 국가를 위해서 이 정도는 돌려받아도 된다고 생각합니다."

한명희는 이천임 중장의 내사를 통하여 제네시스 스쿼드의 전말에 대해 확인시켜 주고 화수에게 그들을 깨부수기 위한 소임을 맡기려는 심산이었다.

화수는 다시 한 번 한명희가 상당히 비밀스럽고 머리가 좋은 사람이라는 것을 느꼈다.

'절대로 대놓고 명령을 내리지 않는군. 특히나 이렇게 복잡한 사건에 대해선 말이야.'

일단 그는 그녀에게서 전해 받은 자료를 가지고 마영강 소장과 박성화 대령 등을 만나볼 생각이다.

"아무튼 장군께서 이 일을 해결해 주신다면 앞으로 대한민국의 안보는 탄탄대로를 걷게 될 겁니다."

"뭐, 좋습니다. 이렇게 된 이상 발을 뺄 수도 없게 되었군요."

"한배를 탄 것이지요."

화수는 그녀에게서 자료를 받아 들곤 한 가지 제안을 했다.

"아아, 그럼 내 부탁도 하나만 들어주십시오."

"부탁이요?"

"실은……."

그녀는 화수의 부탁을 듣곤 실소를 흘렸다.

"훗, 좋을 때군요."

"해주실 수 있겠어요?"

"뭐, 어렵지는 않지요."

"그럼 부탁 좀 합시다."

"그 일도 우리가 작전을 잘못 펼쳐서 일어난 것이니 수습을 해드려야지요. 저희가 다 알아서 하겠습니다. 걱정하지 마세요."

"잘 알겠습니다."

화수는 한결 가벼워진 마음으로 돌아섰다.

*   *   *

공영방송 대전지사 아나운서실 직원들이 대전 중구의 한 횟집에 모여들었다.

아나운서들은 1차를 끝내고 남녀로 갈라져 따로 술자리를 갖게 되었다.

차성희를 필두로 모인 아나운서들이 거리를 활보하고 있다.

"실장님, 3차는 어디로 갈까요?!"

"나이트 어때요? 나이트 가요!"

그녀는 실소를 흘렸다.

"아나운서들이 나이트에 갔다간 국장님에게 모가지가 날아 갈 거야."

"에이, 그런 법이 어디 있어요?! 가요! 아무도 모를 거예요!"

태어나서 나이트클럽이라곤 한 번도 가본 적 없는 그녀이기 에 덜컥 겁부터 났다.

하지만 이내 화수의 얼굴이 떠올랐다.

'…하긴 내 남자친구는 안마방을 드나드는데 내가 나이트클 럽 좀 간다고 어떻게 되었어?'

순간, 그녀의 정신이 번쩍 들었다.

"…그럼 한번 가볼까?"

"오오, 정말요?!"

"하지만 착석이나 그런 것은 절대로 하면 안 돼. 알았지?"

"그래요. 알겠어요."

그녀들이 삼삼오오 모여 대전 중구청 인근에 있는 나이트 클럽으로 우르르 몰려갔다.

그러자 나이트 앞을 막아서고 있던 문지기, 이른바 '기도'들 이 신분증 검사를 시작했다.

"신분증 좀 봅시다."

"네, 여기요!"

그녀들이 차례대로 신분증 검사를 받는데 저 멀리서 우락부락한 청년 한 명이 다가왔다.

그는 성희에게 다가와 아주 정중하게 고개를 숙였다.

"안녕하십니까?!"

"네, 네?"

"삼식이 형님 심부름으로 왔습니다!"

"누, 누구요?"

청년은 그녀에게 귓속말로 아주 작게 속삭였다.

"…강화수 준장님의 지인이십니다. 아주 잠깐 시간 좀 내주실 수 있습니까?"

"그, 그래요."

청년은 기도와 아주 잘 아는 사이인 모양이다.

"영철이, 이 아가씨들 룸으로 안내하고 양주 네 병 넣어드려. 주대는 내가 계산한다."

"그래. 그럼 서비스 좀 많이 넣어줘야지. 양주 네 병에 두 병 서비스 들어가고 맥주는 무제한으로 쏜다!"

"오오! 좋아요!"

그는 차성희를 데리고 시끄럽게 음악이 울리는 나이트클럽 룸으로 올라갔다.

쿵쾅, 쿵쾅!

심장을 울리는 음악은 처음이라 다리가 풀릴 뻔한 그녀는 간신히 룸으로 몸을 밀어 넣었다.

"으흐, 너무 시끄러워서 고막이 찢어질 것 같네."

"팀장님도 참, 원래 이 맛에 오는 거예요!"

청년은 아나운서들에게 술을 한 잔씩 돌렸다.

"자, 한 잔 드릴 테니 마셔요. 건너 건너 지인인데 아는 분을 만났으니 대접을 해야죠."

"오오! 운도 좋네!"

그녀들은 술을 한 잔씩 마시곤 벌떡 일어섰다.

"나가요! 우리 나가서 춤춰요!"

"갑시다!"

아나운서들이 우르르 몰려 나가자, 청년이 자신의 이름과 소속을 밝혔다.

"저는 서울 강남 블랙박스파의 성국이라고 합니다."

"아, 네."

"강화수 준장님이 얼마 전 작전 차 저희 안마방에 오셨습니다."

"작전이요?"

"그게……."

성국은 자신이 국정원 요원이라는 것을 밝히고 신분증까지 보여주었다. 또한 그날 있었던 모든 사건의 전말에 대해 밝혔다.

"…뭐, 그렇게 된 겁니다."

"아아, 그렇군요."

"남녀가 함께 퇴폐 업소에 들어와 뭘 즐겼다는 것은 말도 안 되는 소리죠."

"그래요, 그렇겠군요."

"아무튼 이래도 못 믿으시겠다면 입구에 있는 CCTV를 보여 드릴 수도 있습니다. 저희들은 진상 손님들에 대비해 CCTV를 돌리고 있거든요."

그녀는 고개를 저었다.

"아니요, 괜찮아요. 충분히 해명이 되었어요."

"혹시 저의 방문이 불쾌하셨다면 죄송합니다. 준장님이 걱정하시는 것 같기에 제가 불쑥 찾아왔습니다. 저희들의 작전 때문에 오신 것인데, 두 분의 사이가 틀어지면 죄송하잖습니까?"

성희는 미소를 지었다.

"훗, 아니에요. 저는 괜찮아요."

"다행입니다. 그럼 재미있게 노십시오. 이곳 나이트는 제 지인이 운영하는 곳이니 누가 진상을 부리면 즉각 기도에게 말씀하십시오. 알아서 처리해 드릴 겁니다."

"네, 감사해요."

잠시 후, 성국이 나가자 차성희는 미소를 지었다.

"그래, 그럼 그렇지. 화수 씨가 그럴 사람은 아니지."

그녀는 조용히 나이트클럽을 나가려다가 문득 장난기가 동했다.

"후훗, 이렇게 좋은 기회를 그냥 놓칠 수는 없지."

차성희는 나이트클럽을 배경으로 하여 사진을 찍고 혼자서 노래를 부르는 것을 카메라에 남겼다.

찰칵!

*   *   *

이른 아침, 조간신문에 강유의 얼굴이 실렸다.

최강유 전 국회의원, 홀연히 나타나다!

사고사로 위장한 최강유 전 의원의 신변이 다시 수면 위로 떠오르다!

강유는 조간신문이 찍힐 때에 맞춰서 법원의 신분 회복 재판을 열었다.

그는 자신이 지금까지 왜 나타날 수 없었으며, 어떤 경유로 하여 돌아왔는지 해명하였다.

법정 소명이 끝난 후 그는 신분을 회복하고 법원 앞에서 기자들을 맞이하였다.

찰칵, 찰칵!

"최강유 전 의원님, 지금까지 어디에 계셨던 겁니까?!"

"의원님, 한 말씀만 해주십시오!"

그는 일단 카메라 앞에 깊이 고개를 숙였다.

"우선 국회의원으로서 책임이 막중함에도 불구하고 이렇게 불쑥 사라졌다가 다시 나타난 것에 대하여 너무나 죄송스럽게 생각하고 사죄의 인사를 드리려 합니다."

머리를 푹 숙인 강유가 다시 고개를 들자 기자들이 같은 질문을 마구 쏟아낸다.

"의원님! 사건 경위에 대해서 하실 말씀이 있으실 것 같습니다! 한 말씀만 해주십시오!"

"일단 제가 사고를 당했던 당시 운이 좋아서 차창 밖으로 튕겨져 나가 강에 빠졌습니다. 그때의 저는 제 서포터이던 한 회원을 옆자리에 태우고 있었는데, 차량이 완파되면서 그가 운전석으로 옮겨진 것으로 보입니다. 그 이후에 차량에 불이 나는 바람에 정확한 신원 파악이 안 되었던 것이고요."

"그렇다면 의원님은 지금까지 어디에 계셨던 겁니까?"

"강원도 한 산골 마을에서 지냈습니다. 그때까진 기억을 잃고 있었기 때문에 산골 오막살이를 이어나갔지요. 그러다가 우연히 기억이 돌아와 이렇게 신분 회복을 할 수 있게 된 겁니다."

"의원님, 이젠 앞으로 어떻게 생활하실 겁니까?! 앞으로의 행보에 대해서도 한마디만 해주시지요!"

강유는 기자들에게 정계나 법조계가 아니라 회사로 복귀할 것임을 선언하였다.

"광명그룹으로 복귀할 겁니다."

"광명그룹은 현재 최강제 이사와 최필준 부회장의 줄다리기가 이어지고 있는 것으로 확인됩니다! 혹시라도 최필준 부회장을 압박하여 최강제 이사를 밀어줄 생각이십니까?!"

"아직까지 그것은 확실하지 않습니다. 저는 그저 회사 내에서 제 자리를 찾아갈 생각뿐입니다."

"하지만 실종 전에도 회사에서의 직위는 없던 것으로 압니다만?!"

"압니다. 하지만 제가 죽기 전에 가지고 있던 지분이 꽤 있으니 그것을 되찾고 회사의 경영에 참여할 생각입니다."

"만약 지분을 되찾지 못하면 어떻게 하실 생각입니까?!"

강유는 가볍게 웃었다.

"법대로 해야지요."

"······!"

그제야 기자들은 강유가 정치인이기 전에 법조인이었다는 것을 깨달았다.

"아무튼 앞으로 좋은 모습만 보여드릴 것을 약속드립니다. 그럼 이만······."

"의원님!"

"한 말씀만 더 해주세요!"

강유는 차를 타고 유유히 사라져 버렸다.

강유가 법원을 다녀온 후, 그가 속해 있던 한국당 대표 한재규가 찾아왔다.

한재규는 강유가 국회의원에 속해 있을 때 이제 막 당선되어 정치적 기반을 쌓아가던 사람이다.

그때는 한국당이 집권 여당이었기 때문에 한재규나 강유나 모두 힘 쌓기에 여념이 없었다.

그 시절부터 지금까지 꾸준히 힘을 쌓아온 한재규이기에 한국당의 당 대표까지 역임할 수 있던 것이다.

한재규는 강유의 재선에 대한 얘기를 꺼냈다.

"일단 정당에 복귀해서 다음 총선에 비례대표로 나갑시다. 아니면 지역구 의원도 괜찮고."

"한 의원, 저는 지금 재계로의 진출을 선언했습니다. 다시 정계로 돌아갈 수는 없다고요."

"그런 것이야 언제든 번복할 수 있는 문제 아닙니까?"

"국회의원이 어떻게 한 입으로 두말을 하겠습니까?"

"그렇긴 하지만……."

"아무튼 귀한 발걸음을 하셨는데 목적을 달성하지 못하셔서 유감입니다. 조심히 돌아가십시오."

강유가 대놓고 그를 문전박대하자 한재규가 다급하게 외쳤다.

"자, 잠깐!

"뭡니까?"

"최 의원은 지금 한명희의 정직한당이 집권하고 있는 것이 좋아요?!"

"그게 무슨 소리입니까?"

"한명희는 최강유 의원이 대검 시절부터 계속 악연을 쌓아온 사람 아닙니까? 그런 사람이 집권하고 있는 와중에 제대로 사업이나 펼칠 수 있겠어요?"

강유는 실소를 흘렸다.

"후후, 난 또 뭐라고."

"……?"

"한명희가 그렇게 옹졸한 자식이라면 국민들이 알아서 끌어내릴 겁니다. 전 대통령들도 그렇게 탄핵을 당한 것 아닙니까?"

한재규는 고개를 저었다.

"아, 아니, 지금 국민은 그에게 휘둘리고 있어요! 정치적 공작에 놀아나고 있다는 소리입니다!"

"알아요. 하지만 전보다 한국이 살기 좋아졌다는 소리가 들려오는데, 이건 어떻게 생각하십니까?"

"그건……."

"아무튼 저는 더 이상 정치계에서 사고 치고 싶지 않아요. 그러니 돌아가시지요."

한재규는 그를 포섭하는 것을 포기하지 않았다.

"뭐, 삼고초려라고 하죠. 나중에 다시 오겠습니다. 그때 다시 보시죠."

이윽고 뒤도 돌아보지 않고 나간 한재규를 바라보며 강유는 고개를 절레절레 흔들었다.

"그렇게도 대통령이 하고 싶을까? 도대체 그놈의 대통령이 뭐라고."

그는 장만호에게 전화를 걸었다.

"자, 그럼 이제 슬슬 시작해 봅시다."

―예, 알겠습니다.

이윽고 전화를 끊은 강유는 논현동으로 향했다.

*   *   *

조금 이른 저녁, 광명그룹 본가에 적막한 바람이 불고 있다.

강유는 터질 듯한 정적이 흐르는 본가에 서서 자신을 바라보고 있는 가족들에게 물었다.

"사람이 돌아왔으면 무슨 말이라도 해야 하는 것 아닙니까?"

"…그, 그래."

그는 동생 강제에게 말했다.

"어이, 너는 아무리 싸가지가 없어도 형이 돌아왔는데 인사한마디가 없냐?"

"그, 그게 아니고……."

가족들은 그가 살아 돌아왔다는 것에 적지 않게 놀란 모양이다.

어안이 벙벙해져 입만 뻥긋거리고 있는 가족에게 강유가 말했다.

"어머니, 일단 절부터 받으시죠."

"저, 절?"

"죽었다가 살아왔는데 절을 받으셔야지요."

"그, 그래."

강유가 넙죽 절을 하자 외숙 임호산이 다소 어색하게 웃었다.

"하, 하하! 우리 강유가 사람이 되어서 돌아왔네. 어머니를 보자마자 절을 올릴 줄도 알고."

"삼촌도 절 받으시지요."

그는 임호산의 앞에서도 넙죽 절을 올렸다.

임호산은 평생 예의라곤 쥐뿔도 모르고 살던 강유가 큰절을 올리자 조금 당황한 기색이었다.

"험험, 나에게까지 절을 올릴 것은……."

"아무리 싸가지가 없는 놈이라고 해도 외숙을 못 알아보면 금수만도 못한 놈이지요. 그동안 금수만도 못한 놈처럼 굴어서 죄송합니다."

"아, 아니다. 괜찮아."

검찰총장으로서 강유를 중수부로 불러들였을 때에도 그는 여전히 싸가지가 없고 자기 멋대로 행동했다.

그는 강유의 뒤치다꺼리를 하느라 허리가 휘는 줄 알았지만, 그래도 끝내 국회의원이 된 강유를 자랑스럽게 여겼다.

물론 그때까지도 강유는 버르장머리가 없는 개차반이었다.

강유는 가족들에게 선언하였다.

"어머니, 삼촌, 동생아."

"으, 응."

"이젠 내가 돌아왔으니 빼앗긴 모든 것을 되찾겠습니다. 강제야, 형의 지분은 다 어떻게 되었냐?"

강제는 멍하니 서 있다가 퍼뜩 정신을 차렸다.

"절반은 빼앗기고 절반은 비서실에서 회수했어. 최필준 일가로 넘어간 지분은 아마 개미로 위장한 매입꾼들을 이용해서 사들인 것이겠지."

"흠, 그래?"

"나머지 지분은 비서실에서 회수하여 어머니에게 넘겼어."

"다행이구나. 절반이라도 남아 있는 것이 어디야?"

그는 강제에게 말했다.

"조만간 이사회를 열어서 회사에 내 자리 하나 마련해 다오."

"자리를?"

"어머니, 제 지분을 돌려주실 수 있죠?"

"으, 응? 다, 당연히 줘야지. 그런데 무슨 직책으로 들어가려고 그래?"

"직책은 상관없습니다. 회사로 복귀할 수 있으면 그만이지요."

"그래……"

강유는 가족들에게 식사를 제안했다.

"이제 곧 저녁 시간인데, 식사라도 같이하시죠. 삼촌, 괜찮으시겠어요?"

"어, 어? 그래."

어쩐지 모르는 사람처럼 구는 가족들을 바라보며 서운한 감이 들 만도 했으나, 강유는 오히려 이런 광경이 더 익숙했다.

어려서부터 정이라곤 눈곱만큼도 없던 가족들이기에 살갑게 다가오면 오히려 거부감이 들지도 모른다.

일이야 어찌 되었든 간에 가족들이 한자리에 모였으니 아주 뜻깊다 볼 수 있을 것이다.

그날 저녁 시간, 광명그룹 본가에 향긋한 중식 냄새가 가득하다.

촤락, 촤락!

중식에서 빠질 수 없는 조리 도구인 웍에 각종 야채를 넣고 볶는 강유의 손동작이 상당히 익숙해 보인다.

그는 야채를 적당히 볶은 후 밑간이 된 고기를 투하하여 달달 볶아 고추잡채를 만들었다.

강유는 살짝 간을 보더니 칠공호로에 든 술을 조금 넣어 잡내를 날려 버렸다.

화르르륵!

웍에 불이 붙어 화려한 장관을 연출하자, 가족들이 화들짝 놀라 외쳤다.

"어, 어어?!"

"도대체 어디서 뭘 하다가 왔기에 이렇게 화려한 요리를 낼수 있는 거니?"

지금 강유가 차려낸 요리만 15가지, 그는 이 모든 요리를 해내는 데 불과 한 시간 반 남짓 걸렸다.

그는 가족들에게 어서 식사할 것을 종용했다.

"드세요. 꼬맹이들, 어서 먹어."

"그, 그래."

대대로 개방은 산해진미와 명주를 먹기 위해 목숨을 바치는 사람들로 유명했다.

미식가에 애주가인 그들이기에 산해진미를 직접 만들고 술을 담가 증류시켜 먹고 마셨다.

때문에 개방의 방주들은 문파의 비기인 요리와 조주를 배우느라 인생의 절반을 할애한다는 소리가 있었다.

그만큼 빼어난 요리 솜씨를 자랑하는 개방에서 역대 최강의 방주로 손꼽힐 정도로 대단하던 강유이기에 이 정도 요리는 사실 요리도 아니었다.

"급한 대로 집안에 있는 재료들로 해보긴 했는데, 입에 맞으실지 모르겠네요."

가족들은 난생처음 보는 요리들이 즐비하여 쉽사리 젓가락을 들지 못하다가 방금 전에 해온 고추잡채를 냉큼 집어들었다.

아삭!

순간, 가족들의 눈이 스르르 감겼다.

고추잡채 안에 들어가 있는 피망과 섞인 소스가 한 번에 터지면서 엄청난 풍미가 전해졌다.

가족들은 자신들도 모르게 저절로 감탄사를 내뱉었다.

"오오!"

"…형, 도대체 어디서 뭘 하다가 온 거야? 이런 맛은 난생처음이야. 중국 7성급 호텔에 가도 이런 맛은 낼 수 없다고."

"이 정도는 기본이지. 사실 호텔에서 요리하는 놈들이야 틀에 박혀 배운 대로만 하는데 제대로 된 맛이 나겠어? 그들은 엄청난 엘리트 교육을 받지만 목숨을 걸고 요리를 하는 사람들을 따라갈 수는 없어."

"목숨을 걸었다고?"

강유는 사부에게 딱 죽지 않을 만큼 얻어터져 가며 요리하던 그때를 기억해 냈다.

"하루에 여덟 시간 동안 쉬지 않고 맞으면서 재료를 다지고 고기를 숙성시키면 재료에 대한 이해가 저절로 늘어. 그렇게 되면 어떻게 요리했을 때 가장 맛이 좋을지 상상할 수 있게 되는 거지."

"아, 아아, 무슨 소리인지는 잘 모르겠지만 아무튼 대단한 것 같아."

"그래, 이해할 필요 없어. 어차피 다 지나간 얘기니까."

임호산은 슬하의 자식들에게 감상을 물었다.

"너희들도 한마디씩 해봐."

"…맛있네요. 확실히 형이 어디서 솜씨를 마구 갈고닦은 티가 나요."

"맞아요. 오빠, 고마워요. 이런 음식을 해줘서."

"별말씀을."

사실 강유는 사촌들과 사이가 무척이나 좋지 않았다.

워낙 어려서부터 막 나가던 강유였기 때문에 다소 수더분하게 자란 사촌들은 강유를 경계하고 멀리하는 경향이 있었다.

그러다가 그가 검사가 되어 나타났을 때엔 점점 더 멀어져서 아예 남보다 더 못한 사이가 되고 말았다.

강유의 사촌 유희가 데리고 온 다섯 살 딸아이가 강유에게 다가가려 손을 뻗었다.

"삼촌, 당숙, 짱!"

"하하, 그래."

그러자 유희가 딸 수빈의 손을 낚아챘다.

탁!

"아, 아파."

"…수빈아!"

"어, 엄마?"

"밥상머리에서 막 움직이는 것 아니야. 엄마가 말했지? 삼촌에게 막 다가가면 안 된다고."

"응……."

그는 씁쓸한 미소를 지었다.

"아하하, 그래. 밥상머리에서 떠들면 안 되지."

"오빠, 오해는 하지 마. 오빠가 무서워서 그런 것은… 아니니까요."

"…고맙다."

조카가 삼촌을 향해 다가오는데 엄마가 그 손을 쳐내다니, 강유로선 정신적 타격이 꽤 클 수 있는 일이었지만 개의치 않았다.

이것은 모두 그가 인생을 개떡같이 살아서 벌어진 일이기 때문이다.

"험험, 아무튼 가족들이 다 모이니 너무 좋군요."

"그러게 말이다. 우리 가문이 얼마 만에 다 모인 것이냐? 네 아버지 돌아가시고 난 이후로 한 번도 만난 적이 없으니 한 10년쯤 되었구나."

"그랬나요?"

"그것도 장례식에서나 모였지 이렇게 정답게 식사를 한 적은 한 번도 없었지."

이 세상에서 행복을 결정하는 것이 비단 돈만이 아니라는 것을 뼈가 저리도록 느끼며 살아온 강유다.

그는 재벌 3세로 살아온 삶보다 차라리 길바닥에서 노숙하면서 천하를 방랑하던 시절이 훨씬 더 행복했다.

개방의 제자들과 함께 어울려 술을 퍼마시고 뜻이 맞는 무인을 만나게 되면 무학을 논하고 풍류를 즐기는 것, 그것만큼 고상한 삶도 없다고 생각했다.

그러나 막상 원래의 세상으로 돌아와 보니 그가 즐기던 행복만큼 많은 것이 변해 있었다.

10년이라는 세월 동안 비어 있던 강유의 자리는 가뜩이나 서먹하던 가족들과의 거리를 더욱더 벌어지게 만들었다.

어쩌면 이것은 그가 누리던 행복에 대한 대가인지도 몰랐다.

'그래, 그 정도 누렸으면 많이 누렸지.'

이 세상에서 가장 아름다운 꿈이 가장 슬픈 꿈인 이유는 꿈은 꿈으로 끝나기 때문이다.

그는 멋들어진 꿈을 한바탕 잘 꾸었다고 생각했다.

'이제부터가 현실이다.'

강유는 정말 자신이 현실로 복귀한 것 같은 느낌이 들었다.

제7장

충격적인 전말

경기도 의왕시의 한 대폿집으로 네 명의 군인이 모여들었
다.

쪼르르.

막걸리 사발에 가득 찬 술이 거의 넘치려 할 무렵, 주전자
를 든 화수가 말했다.

"제 부탁을 받고 이렇게 모여주시다니 뭐라 감사의 말씀을
드려야 할지 모르겠습니다."

"자네의 부탁인데 당연히 와야지."

오늘의 술자리에는 기무 사령부 참모장 마영강 소장, 육군

본부 재해 대처 본부장 이강용 소장, 정보 사령부 국내 공작 부장 박성화 대령, 제8 군단장 정태후 중장이 참석하였다.

정태후 중장은 육본 참모부 출신으로 현존 최고의 지장으로 손꼽히는 용병술의 대가였다.

지금까지 몬스터 대토벌전이 승승장구할 수 있던 것은 모두 정태후 중장의 뛰어난 용병술과 전술 전략 덕분이었다.

만약 정태후가 군에서 퇴역한다면 대한민국 육군의 전술은 10년쯤 퇴보할 것이라는 소리가 있을 정도이다.

그는 10년 전, 해안 토벌전에서 화수를 만나 호감을 가져 지금까지 친분을 유지하고 있었다.

화수가 죽었다는 소식을 들었을 때에도 가장 먼저 화환을 보내온 사람이 바로 정태후였다.

물론 이곳에 모인 사람 중에서 서로를 잘 모르는 사람은 아마 없을 것이다.

몬스터의 창궐 이후로 인류는 계속해서 위기를 맞아왔기 때문에 실력이 있는 군인들은 서로 교류하면서 지낼 수밖에 없었다.

작금의 이 환란은 서로를 의지하면서 버텨낼 수밖에 없었던 것이다.

화수는 네 명의 군인에게 대통령의 서한을 보여주었다.

"아시다시피 저는 대통령 특사로서 이천임 중장을 내사하던 중이었습니다. 밀명이 내려진 만큼 대대적인 수사는 피하고 은밀한 내사 형식으로 조사가 이뤄졌습니다."

"이천임 중장이라… 의혹이 많은 사람이긴 하지."

"하지만 그 의혹은 전부 모함에 불과했습니다. 제네시스 스쿼드라는 모종의 세력을 군부에서 추출하기 위해서 스스로 스파이 노릇을 한 것이었습니다."

네 명의 장교는 낮게 신음하였다.

"흐음, 제네시스 스쿼드라… 어디선가 한 번 들어본 것 같기도 하군."

"군부는 물론이고 재계, 정계, 심지어는 암흑가에까지 파고든 것을 보면 결코 우습게 볼 놈들은 아닙니다."

화수는 제네시스 스쿼드를 뿌리 뽑기 위해선 전면전을 불사해야 한다고 역설했다.

"우리는 이천임 중장이 하던 첩보전을 이어나가고 필요하다면 전면전도 불사해야 합니다. 하지만 현재 이천임 중장은 간첩 행위에 대한 의혹으로 거의 근신에 가까운 생활을 하고 있습니다. 그녀를 동원하기엔 적합하지 않습니다."

"그럼 우리가 뭘 어떻게 해야 하는 건가?"

"그녀와 국정원 요원들이 하려 하던 내사를 매듭짓는 겁니다."

"어떻게 말인가?"

"사도 방위 사령부와 남부 해안 수비 사령부로 잠입하는 겁니다. 그리고 가장 큰 의혹이 제기되었던 제1 방공 여단의 비문 관리실을 털어보는 것이지요."

"흠, 그렇게 해서 증거를 일부 발췌하여 군부에 남아 있는 놈들의 끄나풀을 숙청하자는 뜻이군?"

"예, 그렇습니다. 기무 사령부와 정보 사령부는 어차피 군부의 내부자들을 고발하고 척결할 수 있는 권한이 있고 재해 대처본부는 의혹이 재기되면 개조 몬스터에 대한 조사와 처분을 내릴 수 있는 권한이 있습니다. 여기에 8군단이 제네시스 스쿼드의 반항에 대비하여 군사력만 보태주신다면 놈들을 잡는 것은 불가능하지 않을 겁니다."

"그러니까 우리 네 곳의 힘을 하나로 모아서, 놈들을 잡아 족치자는 소리군?"

"예, 맞습니다."

그들은 혼쾌히 고개를 끄덕였다.

"좋아, 알겠네. 다만 지금과 같은 경우엔 대통령 각하의 서문을 국방부로 내려 명분을 만들어야 하네. 군대는 통수권자의 명령에 따라서 움직이게 되어 있거든."

"그것은 걱정하지 마십시오. 내일까지 명령서가 내려오도록 조치하겠습니다."

네 명의 군인이 잔을 들었다.

"군인은 나라의 방패일세. 명령이 떨어지면 못 할 것이 없지."

"강 준장, 자네만 믿겠네."

"감사합니다."

"건배!"

일행은 단숨에 술잔을 비웠다.

＊　　　　＊　　　　＊

다음 날, 청와대로 화수의 팩스 한 장이 날아들었다.

청와대 비서실은 핫라인을 통하여 날아든 서신을 한명희에게 전했다.

서신에는 지금 화수와 네 명의 장교가 계획하고 있는 작전에 대한 개요도가 세세하게 기록되어 있었다.

화수는 네 명의 장교와 함께 짠 작전 개요도를 한명희가 그대로 육본으로 되돌려 보내 신속하게 처리가 가능하도록 해 두었다.

한명희는 서신을 받곤 이내 미소를 지었다.

"후후, 역시 강화수 준장이군. 앞으로가 더 기대되는 청년이라 생각하긴 했으나 이 정도로 사람을 감동시킬 줄은 몰랐군."

그는 서신을 그대로 복사하여 대통령의 서명란을 만들고 그것을 명령서로 재편성하였다.

모든 작업을 혼자서 해낸 한명회가 비서실을 호출하였다.

삐빅!

한명회의 인터폰 호출을 받고 달려온 비서들이 서류를 받았다.

"이것을 육본으로 보내고 30분 안에 명령 서한을 만들어 해당 부대에 전달하라고 일러두세요."

"30분이요?"

"촌각을 다투는 일입니다. 단 5분이라도 지체된다면 육본은 물론이고 군부 전체가 뒤집어질 겁니다. 굳이 내가 나서지 않아도 말이죠."

"예, 알겠습니다. 그럼 최우선 사안이라고 역설해 두겠습니다."

"그래요."

비서들이 밖으로 나간 후 한명회는 이천임 중장에게 전화를 걸었다.

"이천임 중장, 괜찮습니까?"

─…반 은퇴 상태입니다. 잘못하면 지금 당장 인수분해 당하게 생겼습니다.

"그래요, 놈들이 여론 몰이를 워낙 잘해서 나도 어쩔 수가 없었습니다."

─그나저나 말씀하신 안건은 어떻게 되었습니까?

"안 그래도 지금 강화수 준장이 지인들을 동원하여 아주 큰 그림을 그려놓았습니다. 굳이 육본을 동원하지 않아도 일이 잘 풀릴 수도 있겠습니다."

이천임은 아주 낮게 웃었다.

─…후후, 드디어 그 빌어먹을 범죄자들을 군부에서 축출할 수 있겠군요.

"이제 시작일 뿐입니다. 아직 갈 길이 멀어요."

─그래요, 이제 시작이죠.

그녀는 성대혁 의원과의 접촉을 종용하였다.

─국정원을 통하여 성대혁 의원을 만나주십시오. 강하 신도시 요새화가 좌절되었으니 어떻게든 그를 잡아·죽이려 할 겁니다. 잘못하면 제 아들도 함께 다칠 수 있으니…….

"그건 걱정하지 마십시오. 지금 국정원 요원들이 24시간 모니터하면서 보호하고 있습니다. 유사시엔 저격수까지 동원할 수 있으니 너무 걱정하지 마세요."

─…감사합니다. 그리고 이제 곧 제 아들이 강하 신도시를 한번 뒤집어엎을 겁니다. 그때에 대비하여 인원이 좀 필요한데, 해결이 가능하겠습니까?

"얼마나 필요합니까?"

─적어도 500명에서 1,000명은 필요하답니다. 놈들이 강하 신도시를 수비하기 위해 혈안이 될 것이거든요. 그때는 공권력이고 뭐고 다 필요 없을 겁니다.

"흠……."

─만약 불가능하다면 수도 방위 사령부를 동원해서 밀어버리는 방법도 생각해 보시지요.

한명희는 고개를 저었다.

"그건 안 됩니다. 아직까지 강하 신도시의 지하 부화장에 대한 정보가 외부로 퍼져 나가지 않았기 때문에 잘못하면 쿠데타가 될 수도 있고 계엄 정부설이 대두될 수도 있어요."

─난감하군요. 수도 방위 사령부를 수술하고 나면 곧바로 강하 신도시를 털어야 하는데 타이밍을 놓치면 놈들이 치고 빠져 꼬리를 잡지 못할 겁니다.

"…까다로운 일이군요."

─제네시스 스쿼드는 그리 만만한 놈들이 아닙니다. 아시잖습니까? 그 머리 좋은 기시현 의원이 꼭두각시처럼 놀아난 것 말입니다.

한명희는 고심을 해보았지만 여전히 한 사람의 얼굴밖에 떠오르지 않았다.

"그렇다면 적임자가 한 명 있기는 합니다."

─누구입니까?

"혹시 미스터 블레이드라고 들어봤습니까?"

─아아, 새롭게 아이자와 회의 총수가 되었다는 사람 말입니까?

"네, 맞습니다. 그 사람이 바로 강화수 준장입니다."

─허, 허허!

"그는 최근에도 어디서 동원한 것인지 모를 수천 명의 인원으로 러시아 동토 지대를 정리한 적이 있습니다. 참으로 신기한 사람이죠."

─들어본 적이 있습니다. 그 동토 지대를 정리했다는 사람이 강화수 준장이었습니까?

"네, 그렇습니다. 그 때문에 러시아 국빈으로 승격되기도 했지요."

그녀는 화수에게 또 한 번 기대를 걸어보기로 한다.

─한 사람이 모든 짐을 짊어지는 것은 좋지 않은 일입니다만, 그래도 우리가 지금 믿을 사람이 한 명뿐이니 어쩔 수가 없군요.

"그래요. 그에게 기대를 걸어보는 것이 미안하긴 하지만, 가장 좋은 방법이라고 생각됩니다."

─그럼 조만간 정리가 끝나는 대로 강화수 준장과 제가 접선해 보겠습니다.

"그래 주세요. 제가 다리를 놓겠습니다."

전화를 끊은 한명회는 조만간 스케줄을 조율하여 화수를 다시 찾아가기로 했다.

*   *   *

수도 방위 사령부 예하 제1 방공 여단으로 전기 설비 차량 두 대가 당도하였다.

최근 지하 시설 전기 설비에 문제가 생겨 육군본부의 전기 설비 전문 중대가 이곳을 진단하기 위해 찾아온 것이다.

베레모가 아닌 야구 모자를 쓴 전기 설비 중대는 인원 전부가 부사관으로 이뤄진 전문가 집단이다.

이들은 전문가의 손길이 필요한 시설 점검이나 전기 공사를 최소한의 인원으로 해결하는 정예병으로 유명했다.

방공 여단은 전기 설비 중대를 맞이하여 1대대 1중대 막사를 전부 지원하기로 했다.

깔끔하게 정리된 막사로 들어선 20명의 부사관들은 2층 침대로 이뤄진 침상에 짐을 풀고 슬슬 정비를 할 준비를 시작하였다.

오늘은 지하 시설 내부의 전기 설비를 점검하기 위하여 대대 전체의 동력을 담당하는 지하 발전실과 지하의 천장 내부 설비를 점검하게 될 것이다.

작업복으로 갈아입은 부사관들이 가방을 하나씩 메고 막사를 나왔다.

대대본부의 행정계원 네 명이 그들에게 설계도면을 건네고 길라잡이를 해주기로 했다.

이청준 중사라는 이름으로 잠입한 화수는 지하 시설 전기 설비를 담당하는 임시 담당관으로 활약할 예정이다.

전기 설비 중대 지원 담당관 권태환 상사는 화수에게 계원 두 명을 데리고 지하로 내려가도록 자시하였다.

"이 중사, 자네가 지하를 맡게."

"예, 알겠습니다."

"계원들은 이청준 중사에게 도면 안내를 해주고 길잡이도 해줄 수 있도록 하게."

"그렇게 하겠습니다."

도시락을 짊어지고 지하로 내려가는 일행은 이런저런 얘기를 나누었다.

"자네들 고향은 어딘가?"

"저는 충북 진천이고 저 친구는 청주입니다."

"으음, 그래? 나도 충청도 출신일세."

"아아, 그러십니까?!"

"나는 대전 사람이야."

"대전이면 엎어지면 코 닿을 거리인데……."

"하하, 맞아. 반가워."

"반갑습니다!"

화수의 고향은 실제로 대전이기 때문에 충청도에 대해선 빠삭하게 알고 있었다.

"진천까지만 해도 휴가를 나가기 좋겠지만 청주는 좀 멀지 않나?"

"요즘은 기차가 잘 뚫려서 괜찮습니다."

"다행이군. 그나저나 자네도 운이 안 좋군. 청주에도 부대는 얼마든지 있는데 말이야."

"하하, 그러게 말입니다. 친구들 중에는 집 근처로 간 이가 꽤 많은데 저는 운이 나빴습니다."

몬스터와의 격전지가 아닌 지역은 별로 없지만 청주는 유난히도 접전이 많던 도시이다.

때문에 군부대가 꽤 많이 주둔하고 있지만 근무지의 배정은 무작위로 이뤄지는 것이니 어쩔 도리는 없을 것이다.

두런두런 얘기를 나누고 가다 보니 지하 1층부터 3층까지의 전력을 담당하는 천장 설비가 이뤄진 구역에 이르렀다.

화수는 이곳에서 담배를 한 대 피우기로 했다.

"담배 한 대 피우고 시작하지."

"예, 알겠습니다."

비록 사병으로 근무한 적은 없어도 최소한 그들이 어떤 고충을 갖고 있는지에 대해선 어렴풋이 알고 있는 화수였다.

그는 병사들에게 담배를 한 갑씩 나누어주었다.

"피워. 외국에서 사온 거야."

"오오, 감사합니다!"

군부대에선 외국산 담배를 팔지 않기 때문에 원래 외제 담배를 피우던 사람들은 휴가를 다녀올 때마다 몇 보루씩 사가지고 오곤 했다.

그나마 요즘은 연초 보급이 원활하게 이뤄지고 있기 때문에 담배값은 부담이 안 되지만 외국산 담배는 꽤나 귀한 담배로 통했다.

화수는 병사들과 담배를 피우며 몇 가지 자잘한 질문을 했다.

"이 아래에 비문 관리실이 있지?"

"예, 그렇습니다."

병사는 화수에게 설계도면을 보여주며 천천히 설명을 이어나갔다.

"도면에 따르면 비문 관리실은 대략 50평쯤 되는 것 같습니다. 그런데 이상한 것은 언젠가부터 이곳의 전력 소모량이 0으로 나오고 있습니다."

"제로라고?"

"아예 없습니다. 종이의 특성상 약간의 습도 유지는 필수인

데다 환풍기도 몇 개인가 달려 있는 것으로 아는데, 전기가 소모되지 않는 것은 이해하기 힘든 일입니다."

"으음, 그래?"

"아무튼 비문 관리실은 우리의 소관이 아니기 때문에 건너뛰어도 됩니다."

화수는 아주 짧은 시간이었지만 설계도면을 완벽하게 숙지하였다.

스치듯 본 설계도이지만 화수의 암기력은 인간의 한계를 뛰어넘었기 때문에 아주 세세한 것까지 전부 숙지할 수 있었다.

설계도를 통하여 비문 관리실의 정확한 위치를 파악한 화수는 담배의 재를 터는 척하면서 식양과 와일드코일을 흘려보냈다.

툭툭.

끼릭, 끼릭!

와일드코일은 식양과 결합하여 인간 형태의 로봇으로 변신하였는데, 그 크기는 대략 30㎝쯤 되었다.

놈들은 화수의 의도대로 비문 관리실을 찾아 달리기 시작했다.

착, 착, 착!

꽤 빠른 속도로 달려간 와일드코일이 비문 관리실의 철문 앞에 도착하였다.

이제 놈들은 화수의 품속에 있던 해킹툴 프로그램과 초소형 태블릿PC를 복제하여 그대로 변신하였다.

끼릭, 끼릭!

팔다리가 달린 형태의 태블릿PC가 USB 단자를 출입 통제 키에 삽입하였다.

삐빅!

[비밀번호를 입력해 주십시오.]

해킹툴은 어지간한 방어 시스템은 무력화시킬 수 있기 때문에 CIA나 국정원쯤 되는 정보기관이 아닌 이상에야 어쩔수 없이 뚫릴 수밖에 없었다.

태블릿PC는 빠르게 해킹을 시도하여 비밀번호를 알아냈다.

삐비비빅!

[완료되었습니다]

철컥!

문이 열리자 화수는 무전기를 잡고 동료들을 호출하였다.

"아아, 여기는 나방, 호랑나비 응답 바람."

─여기는 호랑나비.

"작전지역에 도착했다. 지원 팀은 작업을 시작할 수 있도록."

─입감.

화수의 신호에 따라 밖에서 대기하고 있던 병력이 신속하게 내려왔다.

총 열 명으로 이뤄진 특작조는 비문 관리실 안을 샅샅이 뒤지며 작전을 실행하게 된다.

이제 화수는 자신을 따라온 병사들을 위로 올려 보내기로 했다.

"이제 일봐. 나머지는 우리가 알아서 하겠다."

"예, 알겠습니다. 그럼 저희들은 이만 가보겠습니다."

"그래."

말을 맺은 화수가 곧바로 계단을 타고 내려가자 와일드코일이 두꺼비집으로 달려가 전선에 USB 케이블을 연결하였다.

치지지직!

그러자 주변을 감시하고 있던 CCTV가 오작동하면서 과거의 화면을 순차적으로 보여주기 시작하였다.

이제 화수와 특작조가 이곳에 왔다는 사실을 아는 사람은 없을 것이다.

정보 사령부 예하 육군 첩보단 소속 천희수 중령은 병력을 이끌고 내려와 벌써 대기하고 있었다.

화수와 합류한 열 명의 병력은 이제 작전대로 신속하게 움직일 것이다.

천희수 중령은 GPS를 통하여 팀원들의 위치를 확인하였다.

"알파 원, 투, 브라보 원, 투… 전 대원들이 제 위치로 나아가고 있습니다."

"좋아, 속전속결로 끝낸다."

대원들은 대략 50평 남짓한 창고 형태의 비문 관리실에서 특별한 정보가 있는지 확인하였다.

천희수 중령은 화수와 함께 두 대의 컴퓨터가 있는 책상으로 다가갔다.

"인트라넷에 접속되어 있는 컴퓨터인가?"

"예, 그런 것 같습니다."

화수가 컴퓨터의 전원을 켰지만 어쩐 일인지 컴퓨터가 작동하지 않았다.

그는 전원부와 동력부를 전부 점검해 보았으나 전혀 이상이 없는 것으로 판명되었다.

"휴대용 전원부를 통하여 시동을 걸어보니 반응합니다. 컴퓨터는 이상이 없습니다."

"흠, 그렇다면 정말 전기 공급이 끊어진 건가?"

"아마도 그런 것 같습니다."

화수는 이곳에 있는 컴퓨터 두 대의 하드디스크를 회수하여 밖으로 나가기로 했다.

"하드디스크만 챙겨서 이곳을 빠져나간다. 나머지는 밖에 나가서 확인해 보는 것으로 하지."

"예, 알겠습니다."

두 사람이 가방에 하드디스크를 챙길 때쯤, 후방에서부터 무전이 날아왔다.

―치익. 장군, 이쪽으로 좀 오셔야 할 것 같습니다.

"무슨 일인가?"

―말로 설명 드리기가…….

"알겠다."

화수는 하드디스크를 챙겨서 시에라 원, 투가 있는 작전지역으로 향했다.

잠시 후, 작전지역 C에 도착한 화수는 숨을 죽였다.

크르르릉.

그곳에는 다름 아닌 몬스터가 무리를 이뤄서 잠을 청하고 있었다.

"…동면 상태의 몬스터다."

"오크인 것 같은데 생김새가 좀 이상합니다."

대략 열 마리쯤 되는 오크들은 구석에 웅크리고 앉아 잠을 청하고 있었는데, 피부 위로 밝고 푸른 실선이 마주 얽혀 지나가고 있었다.

더군다나 뒷머리에서부터 척추까지 이어지는 구간이 도드라져 있어 마치 영화 '에일리언'에 나오는 괴수를 보는 것 같은 착각이 들었다.

화수는 이런 변종에 대한 얘기를 얼핏 들어본 적이 있었다.

"개조 몬스터다."

"그렇다면 이것이 바로 제네시스 스쿼드의 작품이겠군요."

"아마도 그렇겠지. 이런 물건들이 지하 비문실에 있다는 것은 뭔가 이상하다. 제네시스 스쿼드는 이곳에 프락치들의 정보를 숨겨둔 것이 아니라 실험 중인 몬스터를 숨겨둔 모양이야."

"허, 허어!"

그는 비문 관리실의 문을 닫아버리기로 했다.

"문을 닫는다."

"하지만 그렇게 되면 퇴로가 차단되어 앞뒤가 꽉 막히게 됩니다."

"괜찮아. 퇴로는 내가 알아서 확보하겠다."

전술의 기본인 퇴로 확보를 포기한다는 것이 꺼림칙하지만 화수의 명령에는 뭔가 이유가 있을 것이라고 생각한 그녀이다.

"알파 팀, 입구를 봉쇄한다."

—입감.

그녀의 명령이 떨어지자마자 알파 팀이 입구를 봉쇄하였다.

철컹!

이제 밖에서도 안으로 들어오기 힘들 것이고 안에서도 밖으로 나가기가 쉽지 않을 것이다.

화수는 와일드코일로 검을 만들어냈다.

스스스스스!

챙!

그는 대원들에게 사격 대기를 명령하였다.

"잘 들어라. 내가 놈들의 목을 베면 몸통을 사정없이 공격한다. 무슨 말인지 알겠나?"

"예, 알겠습니다."

"좋아, 그럼 시작한다."

오른손으로 검을 틀어쥔 화수는 내가진기를 끌어올렸다.

지이이잉!

그는 단 일격에 열 마리의 몬스터를 참수해 버렸다.

서걱!

푸하아아악!

초록색 피가 분수처럼 튀어 올랐으나, 몬스터들은 쓰러지지 않고 자리에서 일어나 발광을 하기 시작하였다.

"사격 개시!"

두두두두두!

적시적기에 떨어진 화수의 명령에 열 자루의 소총이 불을 뿜었다.

퍼버버버벅!

놈들이 총에 맞아 죽어가면서 남긴 것은 강철과 몬스터 코

어로 만들어진 척추와 신경체계였는데, 몬스터들의 살점이 다 떨어져 나가도 그것들만큼은 온전한 형태로 남아 있었다.

충분히 사격을 마친 부대원들은 화수와 함께 인공 척추와 신경체계를 가까이서 확인해 보기로 했다.

화수는 인간의 것으로 보이는 뇌와 연결된 척추를 손으로 들어 그 모습을 확인해 보았다.

치지지지직!

아직도 강력한 전력을 내뿜고 있는 신경체계는 USB포트와 AUX포트가 차례대로 나열되어 있었고, 인간의 뇌에는 각종 하드웨어가 이식되어 있었다.

아마도 이것들로 몬스터의 신체를 제어하고 인간의 뜻대로 조종할 수 있는 것 같았다.

"의혹이 사실이었군요. 제네시스 스쿼드는 몬스터를 병기로 만들기 위해 실험을 자행하고 있던 겁니다."

"…실로 무서운 놈들이군."

대원들이 한창 몬스터 병기를 살펴보고 있는데, 저 멀리에서부터 몬스터의 울음소리가 들려왔다.

크르르르릉!

화수는 그 소리가 들리는 곳으로 천천히 다가갔다.

쿠어어엉!

몬스터의 울음소리는 비문 관리실 벽면 너머에서 들려오고 있었다.

그는 대원들에게 경계 태세를 명령했다.

"경계 태세로 전환한다."

─입감.

화수의 뒤로 반원 모양으로 선 대원들은 야간 투시경 너머로 보이는 벽면을 예의 주시하였다.

그는 식양과 와일드코일로 방패를 만들어냈다.

철컥!

"내가 선두, 나머지가 후방을 지원한다."

─입감!

이제 그는 벽을 때려 부수기로 마음먹었다.

스스스스!

'건곤일식, 파!'

콰아앙!

화수의 손에서 출수된 장력이 벽을 무너뜨리자, 그 안에서 몬스터들이 미친 듯이 쏟아져 나왔다.

키헤에에엑!

"고블린?!"

"저놈들, 고블린도 개조한 모양입니다!"

"전 대원 사격 개시!"

두두두두두!

대원들의 소총이 불을 뿜자 오크와 마찬가지로 인공 척추를 매달고 있던 고블린들이 줄줄이 총에 맞아 사망하였다.

그러나 그 숫자가 워낙 많아서 어지간해선 끝이 보이지 않을 듯했다.

이제는 화수가 전면으로 나설 차례였다.

스릉!

'구만월참!'

원형의 검기가 화수의 검에서 뻗어 나와 전방을 가득 채우고 있는 몬스터들을 차례대로 베어나갔다.

촤라라라락!

대략 200마리쯤 되는 몬스터가 일도양단되면서 사태는 빠르게 진압되었다.

대원들은 눈앞에서 벌어진 광경을 보면서도 믿을 수가 없었다.

ㅡ…장군님은 인간이 아니십니까?

"어쩌면 그럴 수도 있지."

ㅡ영광입니다. 괴물과 함께 일할 수 있어서.

"후후, 고맙군."

화수와 대원들은 뚫린 벽을 지나 그 안의 전경을 살폈다.

그러자 어마어마한 광경이 그들을 맞이하였다.

비문 관리실 벽 너머에는 인공 수조에 들어 있는 몬스터 배아와 그것에 연결하기 위해 수집한 인간의 뇌와 인공 척추가 즐비해 있었다.

지금 이곳은 인간의 것으로 보이는 피와 살점이 사방에 낭자해 있었는데, 아무래도 이성을 잃은 몬스터들이 연구원들을 무참히 도륙 낸 것으로 보였다.

하지만 그 모든 것보다 더 기가 막힌 것은 크기 5미터의 오우거와 트롤, 심지어는 15미터의 몸집을 자랑하는 레서 드래곤도 자리 잡고 있다는 것이다.

"연구가 실패한 모양이다. 통제에 실패해서 다 죽은 거야."

"레서 드래곤과 같은 개체도 있습니다. 그렇다는 것은……."

"도시를 불바다로 만든 레서 드래곤은 모두 제네시스 스퀘드를 통해서 탄생한 것이라는 소리지."

"허, 허어!"

"알고 보니 이곳이 살해를 조장한 곳인 셈이군요."

이곳에서의 전력 소모가 0으로 나온 것은 몬스터가 하드웨어를 모두 망가뜨리고 인간들을 죄다 도륙 냈기 때문으로 보였다.

그는 몬스터가 깨어나기 전에 놈들의 몸에 폭약을 설치하고 이곳에서 건질 수 있는 물건이 있는지 알아보기로 했다.

"C4를 이용하여 이곳에 있는 개체를 전부 사살한다."

"예, 알겠습니다."

상상을 초월하는 일이 눈앞에서 벌어지니 정신이 번쩍 드
는 화수였다.

*　　　*　　　*

한 시간 후, 화수는 실험실 지하 2층으로 향하는 중이다.

지하실을 이 잡듯이 뒤져서 찾아낸 도면에는 이곳이 총 2층
으로 이뤄져 있으며 지하 2층에는 상용화 직전의 무기들이 보
관되어 있다고 쓰여 있었다.

한마디로 지하 2층은 지금 거의 던전의 형태로 변모되어 있
을 것이라는 소리였다.

"스스로 몬스터의 소굴을 만들어내다니 미친놈들도 이런
미친놈들이 없군."

"이놈들, 제레와도 관련이 있을까요?"

"지금까지 알려진 바론 제레는 개인적인 이득을 위한 도구
에 불과했고 제네시스는 조금 더 큰 조직이라고 했다. 아마
제레가 이들과 관련이 있다면 하부 조직에 불과하지 않겠나?"

"제레가 하부 조직이라니, 기도 안 차는군요."

"몬스터를 병기로 만들기 위해 범죄자가 된 놈들이다. 무슨
짓을 해도 결코 놀랍지 않을 것이다."

"하긴, 그건 그렇습니다."

지하 2층으로 가는 길은 대략 500미터가량의 복도로 되어 있었는데, 폭이 좁아서 사람 두 명이 간신히 지나다닐 정도였다.

대원들은 사주경계를 취하면서 천천히 전진하였다.

저벅저벅.

화수는 자신의 발소리가 이렇게까지 또렷하게 들리나 싶었다.

하지만 잠시 후, 그것은 자신의 발소리가 아니었다는 것을 깨달았다.

크르르릉!

"발소리가……."

"아니다! 인간의 발소리가 아니야!"

화수는 방패를 꽉 움켜쥐곤 똑바로 전방을 주시하였다.

터벅터벅!

점점 더 커지는 발소리, 그것은 바로 몬스터의 것이었다.

화수와 대원들은 태어나 처음으로 보는 악어 인간의 모습에 크게 당황하고 말았다.

"악어가 직립보행을……."

"저렇게 걸어 다니는 데도 균형을 잡는 것을 보면 대단합니다. 저놈, 도대체 뭘까요?"

크기 8미터에 뾰족한 손톱과 발톱을 가진 악어 인간은 걸어오는 그 모습만으로도 사람의 소름을 끼치게 만들기에 충분했다.

화수는 부하들에게 전투 준비를 지시하였다.

"나를 선두로 전투 대형을 갖춘다!"

"예!"

일사불란하게 총구를 정렬하여 전투 대형을 갖춘 대원들은 침을 질질 흘리고 있는 악어를 조준하였다.

철컥!

화수는 검을 뽑아 들곤 놈의 대가리를 베어낼 요량으로 내가진기를 끌어올렸다.

스스스스!

하지만 그는 이내 검을 놓을 수밖에 없었다.

덜덜덜.

"장군, 터널이 진동합니다! 아무래도 더 이상 진동을 일으켰다간 모두 다 죽을 수도 있겠는데요?!"

"제기랄. 지금 이대로 장을 쳤다간 꼼짝없이 다 죽겠군."

"포탄이나 수류탄 등은 사용하지 못할 것으로 보입니다."

"어쩔 수 없지. 그럼 육탄전으로 가는 수밖에."

화수는 내가진기를 폭발시키려던 계획을 변경해 핸드캐넌으로 무장하였다.

철컥!

K—40의 업그레이드 버전인 K—40A1은 기존의 샷건에 레이져 샷 기능과 전기 충격기, 압축 화염방사기 등 8가지 기능이

추가되었다.

원래는 전군에서 사용하는 사람이 화수밖에 없었지만 이제 곧 수렵 여단이 정식으로 교육생을 양성하게 되면 방패를 사용하는 병과가 생겨날 것이다.

그때는 지금의 K—40A1을 보급하여 방패 보병의 생존율을 높이고 화력을 증가시킬 수 있을 것이다.

화수는 새롭게 보급 받은 신형 샷건의 성능을 시험해 보기로 했다.

"이 기회에 성능 시험도 하고 결함 테스트도 하는 것이지, 뭐."

그는 K—40A1의 기능 중에서 전기 충격 기능을 선택하였다.

쫘지지지지직!

악어는 물에서 사는 생명체이기 때문에 기본적으로 전기에는 약할 것이라는 생각이 들었기 때문이다.

"자, 그럼 한번 뻑적지근하게 놀아볼까?"

화수가 방패를 들고 돌격하여 악어를 압박하기 시작했다.

파자자자작!

펑!

압축된 전기가 대략 50㎝ 앞에 떨어져 내리자, 악어가 엉거주춤한 자세로 슬금슬금 뒤로 물러났다.

크르르르릉!

그러자 후방의 공작원들이 화력을 집중시켜 놈을 더욱 밖으로 밀어내 버렸다.

두두두두두!

크아아아앙!

도망가기 바쁘던 악어는 일순간 몸을 웅크리더니 이내 용수철처럼 튕겨 나왔다.

피융!

그 속도가 얼마나 빨랐으면 화수가 눈 깜짝할 사이에 몸통 박치기를 당하고 말았다.

쾅!

"크윽!"

와일드코일 방패가 살짝 우그러질 정도로 강력한 박치기에 복도가 크게 흔들렸다.

쿠우웅!

"어, 어어?!"

"장군, 이대로는 무리입니다! 차라리 후퇴하는 편이 낫겠습니다!"

"젠장!"

지금 화수가 결단을 내리지 않으면 대원들이 목숨을 잃을지도 몰랐다.

만약 야차 중대였다면 어떻게든 방법을 찾아냈겠지만, 이들은 정보 특화 첩보단이지 몬스터 수렵 전문가는 아니었다.

그렇기 때문에 이대로 밀어붙여 임무를 완수한다는 것은 어불성설이다.

"후퇴한다! 퇴로를 향해 신속하게 이동하라!"

"예!"

화수는 아직도 방패에 머리를 짓이기고 있는 악어에게 전기 충격을 선사하였다.

"이거나 먹어라!"

우우우웅, 꽈지지지직!

크어어어엉!

한 방 크게 얻어맞은 악어가 잠시 기절하자, 그 여파로 입구에 서서히 금이 가기 시작했다.

쿠구구구궁!

"달려! 쉬지 말고 달려!"

이제 곧 건물이 무너질 것 같으니 쉬지 않고 달리는 것이 상책이었다.

화수는 태어나 처음으로 중형 몬스터에게서 등을 돌려 후퇴하는 굴욕을 맛보았다.

제8장
진전

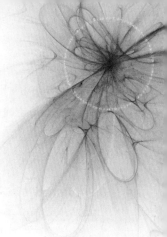

　광명그룹 정기 이사회가 열리는 날, 그룹의 사장단과 기타 이사진이 전부 모여들었다.

　오늘 이사회에선 후계자 결정이 유보되고 새로운 사장단에 등용하게 될 인사가 나타날 예정이다.

　이사진은 새로 부임하게 될 사장단 멤버에 대해서 너무나도 잘 알고 있었다.

　한때는 대검 중앙수사부에 속해 있으면서 회장에게 반하는 세력을 암암리에 처리하던 강유이기에 안면이 있는 것은 물론이요, 그와 악연이 깊은 사람도 꽤 있었다.

강유 때문에 광명그룹 사장단에서 감옥살이 신세로 전락하게 된 그들은 꿈에서도 그를 잊어본 적이 없었다.

하지만 잊은 적 없는 그 얼굴을 다시 마주한다는 것은 생각보다 훨씬 더 껄끄러운 일이었다.

강유가 검사 출신에 정계 인사들과도 두루 친분이 깊기 때문에 잘못하면 줄줄이 엮여 검찰 소환을 당할 수도 있기 때문이다.

한 번 중앙수사부에 있던 그이고 아직도 현역인 외숙의 존재를 생각하면 등골이 오싹해져 왔다.

부회장 최필준의 휘하에 있는 사장단이 이사회 시작을 기다리느라 초조한 기색을 보이고 있다.

"후우, 그놈이 또 무슨 미친 짓을 벌일까요?"

"그러게 말입니다. 그놈 혹시 우리를 모두 다 쳐내고 혼자 회사를 꿀꺽하기 위해서 일부러 저러는 것 아닐까요?"

"그것보다는 다시 정계로 진출하기 위해서 우리를 희생양으로 삼으려는 의도가 맞는 것 같습니다."

"흠……."

걱정이 태산인 그들에게 최필준이 말했다.

"그렇게 걱정된다면 아예 그놈에게 몸을 의탁하지 그러나?"

"예, 예?! 그, 그게 아니고……."

"그놈 편을 들면 최소한 감옥에 들어가 또다시 옥살이할 걱정은 없을 것 아닌가?"

"아, 아닙니다!"

평소의 최필준이라면 부하들에게 이렇게까지 히스테리를 부리지는 않을 것이다.

그러나 오늘 드디어 모습을 드러낼 강유가 어지간히도 부담이 되는 모양인지 생전 부리지 않던 히스테리를 다 부리고 있었다.

그 때문에 최필준 라인은 전부 초긴장 상태를 유지할 수밖에 없었다.

잠시 후, 이사회장의 문이 열리며 강유가 등장하였다.

철컹!

순간, 모든 사람의 시선이 강유에게로 쏠렸다.

그는 옅은 미소를 지은 채 아주 의연한 걸음으로 이사회장으로 들어섰다.

"안녕들 하십니까?"

"…오랜만이로군."

강유의 등장에 가장 민감하게 반응한 쪽은 역시 최필준이었다.

그는 강유의 등장을 썩 마뜩찮게 여긴다는 것을 표정을 통하여 고스란히 말해주고 있었다.

그런 그의 표정을 가만히 살피던 강유가 웃음을 머금은 채 말했다.

"으음, 숙부의 안색이 썩 좋지 않군요. 어제 잠을 잘·못 주무셨습니까?"

"…뭐, 그런 셈이지."

"이런, 부회장님께서 잠을 못 주무시면 쓰겠습니까? 아무래도 이 조카가 보약 한 첩 다려 드려야겠군요."

10년, 무려 10년 동안이나 죽은 사람처럼 여겨져 오던 강유는 마치 어제 본 사람처럼 그를 대하고 있었다.

최필준은 속으로 오만 가지 잡생각을 다 했다.

'이놈, 뭔가 가슴속에 비수를 품고 있는 건가? 아니, 혹시 내가 사고를 조작했다는 사실을 알아챈 것인가? 아니지. 그랬다면 이놈이 가만히 있었겠어? 성질머리가 워낙 더러운 놈이라 가만히 있지 않았을 텐데 말이야.'

강유는 그런 그를 바라보며 미묘한 웃음을 지었다.

"숙부님, 왜 그러십니까? 세상 근심이란 근심은 다 짊어진 것 같은 표정이시군요."

"…내, 내가? 그럴 리가 있나?"

"하하, 그렇지요? 숙부께서 그러실 리가 없지요. 이 세상에서 둘째가라면 서러울 낙천주의자 아닙니까?"

"하, 하하, 하하, 그렇지."

이래서 사람은 죄를 짓곤 못 산다는 말이 있는 모양이다.

최필준은 마치 귀신이라도 앞에 둔 양 등줄기에서 땀이 비 오듯 쏟아져 아주 딱 죽을 맛이었다.

잠시 후, 최필준이 정신을 차리기도 전에 이사회가 시작되었다.

—자, 그럼 광명그룹 이사회를 시작하겠습니다.

재무총괄이사 은명기가 차분하게 이사회의 시작을 알리고 난 후 곧바로 오늘의 중요 안건인 강유의 사장단 취임이 거론되었다.

—지주회사 지분율 15.7%의 최강유 님을 현 동률 최대주주인 최강제 님께서 광명그룹 총괄이사로 천거하셨습니다. 이로써 현재 공석인 총괄이사직을 최강유 님께서 인수하신다는 안건이 발의되었습니다. 아직까지 회장직이 공석인 만큼 총괄이사직 인수는 이사회 다수결로 결정하도록 하겠습니다.

광명그룹은 지주회사가 자회사들의 지분을 50% 이상 가지고 있으면서 최대주주 노릇을 하는 지배 구조를 구축하고 있었다.

때문에 지주회사 지분이 15.7%에 이른다는 것은 전체적인 지분으로 따져본다면 엄청난 양을 가지고 있다는 소리와 같았다.

아마 강유가 굳이 일하지 않아도 지주회사에서 거두어들인 자회사의 배당금만으로도 자손만대가 먹고살 수 있을 것이다.

이런 엄청난 자본금을 굴리는 광명그룹의 총괄이사는 경영 정책 실장으로서 그룹 내부의 자회사들의 경영 정책을 수렴하고 그것을 올바르게 조율하여 자회사의 건강을 유지하는 중요한 직책이다.

총괄회장과 이사회가 그룹의 심장부라면 총괄이사와 경영 사장단은 그룹의 머리라고 할 수 있었다.

물론 총괄회장이 그룹 수뇌부에 버티고 있다면 총괄이사는 그의 힘에 의하여 지배를 당하게 된다.

그렇지만 지금 이 상황에선 거의 기득권을 틀어쥔 사람이 바로 총괄이사라고 볼 수 있었다.

최필준은 결코 총괄이사직을 그에게 내어주려 하지 않을 것이다.

그러나 최필준 본인도 강유를 상당히 껄끄럽게 여기는 바, 아마 대놓고 반대할 수는 없을 것이다.

그는 투표가 진행되기 전에 먼저 손을 들어 발언권을 얻었다.

"한마디만 해도 되겠습니까?"

"말씀하시죠."

"아무리 대단한 저력을 가진 법조인에 정치인이라고 해도 재계에 대해서 아는 것은 그리 많지 않을 겁니다. 게다가 경영학의 첫 글자도 모르는 양반이 무슨 총괄이사직을 수행할 수 있겠습니까?"

"으음……."

낮은 신음을 흘리는 사장단에게 강유가 웃으며 말했다.

"하하, 내가 무늬만 총괄이사가 될까 봐 걱정하시는 모양이
군요. 뭐, 그런 생각이 아예 안 든다면 그것도 참 이상한 일이
겠지요. 하지만 저는 원래 법대를 다니면서 복수 전공으로 경
영학을 전공했습니다. 그리고 군대에선 CPA에 패스했지요.
뭐, 그때의 공인회계사는 그리 핫한 직업도 아니었지만 말이
죠."

"……!"

강유는 대학을 다니던 시절, 처음으로 복수 전공이라는 것
을 접하고 법대에서 경영학을 복수 전공하였다.

그때의 강유는 아버지의 압박으로 인하여 경영학을 어쩔
수 없이 전공하였지만, 그때의 선견지명이 지금에 와서 빛을
발하였다.

배워서 나쁠 것 없다는 아버지의 격언을 이제 와서 절감하
게 된 강유이다.

"아시다시피 제가 나온 모교의 경영학과 학생들은 3학년이
나 4학년쯤 되면 거의 모두 다 CPA를 준비합니다. MBA 과정
을 밟든 국내에서 대학원에 진학하든 공인회계사는 거의 기
본으로 가지고 있더라고요. 그래서 저도 남들 다 하는 CPA라

는 것을 취득했습니다. 물론 시험에 패스하는 데 2년이 걸렸지만 그래도 당당히 합격했습니다."

강유는 이사회 임원들이 보고 있는 가운데 조금 오래되어 보이는 공인회계사 자격증을 꺼내 들었다.

"으음, 빛이 조금 발하긴 했군요. 하지만 사람이 한 번 배운 것을 그리 쉽게 까먹겠습니까? 이것 덕분에 제가 기업형 비리 관련 기소에서 승률 100%를 자랑했지요. 아마 법관이 공인회계사 타이틀이 있다는 것을 알고 덤빈 사람은 얼마 없을 겁니다. 뭐, 그래서 승률이 높았던 것도 있고요."

"……"

그야말로 공포 그 자체였다.

이 세상에 털어서 먼지 한 톨 나지 않는 경영인이 얼마나 되겠는가?

만약 강유가 마음먹고 그들을 내사하여 밑장까지 탈탈 털어낸다면 이 중 99%는 옥살이를 하게 될 것이 분명했다.

최필준은 속으로 탄식을 흘렸다.

'빌어먹을! 오히려 사족을 건 격이 되었구나!'

이 정도 스펙이라면 오히려 그의 총괄이사 취임을 장려해도 모자랄 판이니 차라리 얘기를 안 꺼낸 것만 못하게 되었다.

판은 이미 뒤집어진 셈, 이사회는 속전속결로 진행되었다.

—자, 그럼 표결하겠습니다. 최강유 님의 총괄이사직 취임에 찬성하시는 분들은 손을 들어주십시오.

말이 떨어지기 무섭게 과반수가 넘는 인원이 손을 들었다.

최필준은 주먹을 꽉 말아 쥐었다.

'…그래, 한번 해보자. 밖에서 음모를 꾸밀까 전전긍긍하는 것보다야 안에서 끼고 지켜보는 것이 낫겠지.'

그는 손을 번쩍 들었다.

척!

그러자 그를 따르던 이사진이 얼떨결에 손을 들어 강유가 만장일치로 총괄이사직에 오르게 되었다.

—만장일치로 최강유 님께서 총괄이사직을 인수하게 되었습니다.

짝짝짝짝!

강유는 뜻하지 않게 자신을 밀어준 최필준에게 꾸벅 고개를 숙였다.

"하하, 숙부님께선 제가 회계사 시험에 합격한 것을 이미 알고 계셨지요?"

"그, 그런 셈이지."

"역시 이 세상엔 가족밖에 없습니다."

그는 최필준에게 살갑게 식사를 제안했다.

"제가 문안 인사가 늦었는데 만약 용서하신다면 식사라도 한 끼 대접할 수 있도록 해주시지요."

"무, 문안은 뭘⋯⋯."

"안 될까요?"

현재 강유의 속이야 어떻든 간에 일단 겉보기엔 상당히 예의가 바르고 웃어른을 공경하는 태도이니 최필준의 입장에선 그 제안을 받아들일 수밖에 없었다.

"그래, 내일 저녁이나 같이 먹자꾸나."

"예, 숙부님. 그럼 내일 숙부님 가족들까지 전부 초대해서 식사를 준비하겠습니다. 메뉴는 무엇이 좋으신지요? 한식? 중식?"

"⋯일식으로 하지."

"네, 알겠습니다."

잔뜩 신이 나 보이는 강유를 바라보는 최필준의 심경이 상당히 복잡해졌다.

＊   ＊   ＊

이른 아침, 자운대 특수 교육단에 특별 지시가 내려왔다.

애초에 한 달로 잡혀 있던 야차 여단 임시 장교들의 교육을 2주로 끝내고 추후에 후반기 교육을 실시하여 대처한다는 것이었다.

이로써 야차 여단의 임시 장교들은 예정보다 이 주일 빨리 정식 임관하여 임무를 수행하게 되었다.

야차 여단의 수렵 전문가들은 이른 아침부터 약식으로 수료증을 받고 정식 계급장을 어깨에 달았다.

그들은 여단으로 돌아오자마자 출동 명령을 받았다.

일사불란하게 움직여 전술 비행기에 장비를 모두 적재한 그들의 앞에 화수가 섰다.

그는 비행기가 이륙하여 비행하는 동안 동료들에게 브리핑을 실시하였다.

야차 여단은 제네시스 스쿼드에 대한 얘기와 지하 시설에 대한 얘기를 듣곤 이번 전투가 꽤나 위험할 것이라고 장담했다.

"건물이 그렇게 오래되었다면 몬스터의 레벨이 문제가 아니라 전투 자체가 힘든 것 아닙니까? 잘못하면 사람이 깔려 죽을 텐데."

"자네의 말이 맞다. 몬스터의 실험장을 만들어놓곤 관리를 제대로 하지 않았어. 더군다나 구식 건물을 개조해서 만든 막사의 지하에 실험실을 만든다는 것 자체가 어불성설이지."

"그럼 어떻게 합니까? 포병 병력으로 무력화시킨 이후에 우리가 제압을 하는 겁니까?"

"아니. 그렇게 하면 도심 한복판에 몬스터들을 끌어들이는 일이 된다. 어찌 되었든 간에 건물 안에서 해결을 봐야 해."

"흠……."

"지금 우리의 화력이라면 놈들을 쓸어버리는 것이 충분하다. 하지만 빠져나올 때가 문제야."

가만히 앉아서 화수의 브리핑을 듣고 있던 황문식이 아이디어를 냈다.

"대장님, 그렇다면 천공드릴을 사용해서 아래에서부터 뚫고 들어가는 것이 어떻습니까?"

"천공드릴?"

"듣기론 육본에서 한 대 가지고 있는데, 주로 수로를 파거나 위험지역의 토굴을 없애는 데 사용한답니다. 때문에 기본적인 장갑 기능과 수륙양용 운용이 가능하고요."

"으음, 그것 참 괜찮은 아이템이군."

화수는 황문식의 말처럼 수륙양용 천공드릴을 사용하여 지하부터 뚫고 들어가기로 했다.

하지만 그에 따른 부담은 분명히 존재하였다.

"그렇지만 한 가지 문제가 있다. 지하에서부터 뚫고 들어가면 퇴로가 차단된다. 그래도 괜찮을까?"

"최소한 건물이 무너져 깔려 죽는 일은 없을 겁니다. 오히려 천공드릴이 있으면 건물이 무너져도 지하로 내려가면 만사 오케이지요."

"그래, 그런 방법이 있겠군."

화수는 최산용 중령에게 방향을 돌릴 것을 지시하였다.

"최 중령, 계룡대로 간다."

─예, 대장님.

비행기가 방향을 틀어 계룡대로 향하는 동안, 화수는 이번 작전을 통해서 느낀 점을 대원들에게 말했다.

"우리가 여단으로 편성되긴 했으나 야차 중대의 운용은 불가피할 것으로 보인다."

"무슨 일이 있으셨습니까?"

"아무래도 극도로 위험한 작전에는 아직까지 우리가 필요해. 아무리 야차 여단이 전문적인 훈련을 받는다고 해도 제대로 된 전문가로 성장하기 전까진 제 역할을 기대할 수 없을 것 같다. 이번 작전에서 육군 첩보단과 함께 지하로 들어갔는데, 중형 몬스터에게 쫓겨 후퇴하고 말았다."

"흠, 그런 굴욕을?"

"하지만 그들은 지상전에선 거의 최강의 전투력을 자랑한다. 어쩌면 대인 전투에선 우리보다 그들이 훨씬 월등할지도 모르지. 그러나 몬스터와의 싸움에선 다르다. 그들은 요인의 암살이나 침투 작전에는 능하지만 괴물을 상대로는 어떻게 싸워야 하는지 잘 몰라."

"전문 분야가 아니라서 그런 것이겠지요."

"그래, 그런 것도 있지. 하지만 몬스터를 사냥하는 것은 고도로 숙달된 사람도 힘든 일이다. 하루 이틀 합을 맞춰서 될 것이 아니라는 소리지."

화수는 당분간 야차 여단 내에 야차 중대를 편성하여 비상시에 출격할 수 있도록 정책을 바꿀 생각이다.

"자네들에겐 미안한 일이네만, 앞으로도 우리는 계속해서 이 일을 해야 할 것 같아."

"오히려 잘되었습니다. 사람이 하던 일을 때려치우면 일찍 죽는다는 말이 있지 않습니까?"

"후후, 그건 나도 공감한다."

오랜만에 전술 비행기를 타고 출격하는 화수의 마음이 오히려 가볍다.

"이번에 제대로 한탕 뛰고 다들 술이나 한잔하러 가지."

"좋습니다!"

오늘도 역시 단합이 잘되는 야차 중대였다.

*　　　　*　　　　*

대략 30분 후, 야차 중대의 전술 비행기가 관악산 북쪽에 내려앉았다.

야차 중대는 이곳에서부터 굴삭드릴을 이용하여 제1 방공 여단 1대대의 지하로 진입하게 될 것이다.

현재 제1 방공 여단은 바로 어제 일어난 지진의 진원지로 지목되면서 세간의 주목을 받고 있었다.

안 그래도 전기공사다 뭐다 해서 정신이 없는 방공 여단이기에 지하로의 침투는 그리 어렵지 않을 것으로 보였다.

황문식은 육군본부에서 받아온 굴삭드릴의 조종간을 잡았다.

그는 좁은 공간에 옹기종기 모여 있는 대원들에게 이제 굴착을 시작한다고 알렸다.

"이곳에서부터 길을 뚫으면 수맥을 등에 업고 갈 수 있으니 시간이 9할은 절약될 겁니다."

"으음, 좋아. 그럼 지금부터 작전을 시작하도록 하지."

대원들은 방탄 모자를 쓰고 안전벨트를 착용하였다.

딸깍!

그러자 황문식 중령이 힘차게 대형 드릴을 작용시켰다.

위이이이잉!

끝이 뾰족하게 생긴 초대형 드릴은 티타늄, 몬스터 코어 합금으로 만들어져 용암에서도 버틸 수 있도록 설계되었다.

때문에 아무리 사나운 지형이라고 해도 기체가 파손되지 않고 굴착이 가능한 것이다.

하지만 기체 외부에서 전해지는 충격이 고스란히 탑승 인원

에게 전달되기 때문에 굴착을 하는 도중에 정신을 잃는 경우
도 발생했다.

쿨렁, 쿨렁!

"워, 많이 흔들리는데?"

"일반인 같으면 아마 지금쯤 구토를 했거나 정신을 잃고 말
았을 거야."

드르르르르륵!

가까스로 중심을 잡고 있던 대원들이 하나둘 괴로워하기
시작했다.

굴착이 진행되는 동안 땅을 파 내려가면서 생긴 압력이 대
원들을 짓눌렀기 때문이다.

"…압력이 거의 우주선 수준인데?"

"만약 우리가 고도의 훈련을 받지 않았다면 지금쯤 기절해
서 바닥을 나뒹굴고 있을지도 몰라."

화수의 말이 끝나기도 전에 강하나 대위의 눈이 서서히 감
기기 시작했다.

"으으으……."

"우리 꼬맹이, 정신 못 차리네?"

최지하 중령은 점점 정신을 잃어가는 그녀의 따귀를 힘껏
후려쳐 주었다.

짜악!

"허, 허억!"

"정신 차려. 여기서 정신을 잃으면 곤란해."

"네, 네!"

아무리 야차 중대로 전입을 와서 사선을 오락가락했다고 해도 그녀는 일반적인 훈련을 받은 사람이다.

최지하는 강하나가 혼수상태에 빠지지 않도록 유의시키면서 끝까지 그녀의 정신줄을 붙잡아주었다.

잠시 후, 굴착기가 목적지 바로 아래에 도착하였다.

드르르릉!

굴착으로 인한 엄청난 열기가 뒤늦게 드릴을 압박하면서 실내가 서서히 더워지기 시작했다.

"차량의 온도가 올라갑니다. 여기서 잠시 냉각시키고 가는 편이 좋겠습니다."

"그래, 그러자고."

황문식은 수맥에 소형 드릴을 연결하여 물을 충원하였다.

치이이이익!

순식간에 기체가 식으면서 대원들이 좀 살 것 같다는 표정을 지었다.

"휴우, 진짜 딱 죽는 줄 알았네."

"이런 기계를 매일 타고 다닌다고 생각하면 끔찍해서 잠도 안 오겠다. 아직도 골수에 진동이 느껴지는 것 같아."

"으으, 꿈에 나올까 봐 무서워. 차라리 몬스터와 하루 종일 싸우는 편이 낫지 이건 좀 아닌 것 같아."

화수는 대원들의 푸념을 옅은 미소로 무마시켰다.

"후후, 그래도 레비아탄 내장 속에서 난리 법석을 떨 때보다야 훨씬 낫지 않나?"

"대장도 참, 그게 지금 이 상황과 비교할 거리나 되나?"

지금까지 겪은 생고생을 전부 합쳐도 레비아탄과의 사투에 비할 바가 못 된다는 것이 지금 여실히 드러난 셈이다.

잠시 후, 황문식이 다시 시동을 걸었다.

부우우우웅!

"자, 기체도 식었겠다, 한번 출발해 볼까?"

"후우, 부디 어서 빨리 작전이 끝나기를!"

황문식이 옅은 미소를 지었다.

"가자!"

부아아아앙!

드릴이 다시 앞으로 나아가며 서서히 각도를 위로 틀기 시작했다.

끼이이이이잉!

지면을 뚫고 올라가는 것이니만큼 기체에 가해지는 순간적인 압박이 훨씬 더 심해졌다.

하지만 대원들은 이를 악물고 정신줄을 부여잡았다.

"머, 머리가……!"

"거의 다 왔어!"

잠시 후, 지표면이 뚫리면서 방공 여단 지하 3층의 전경이 보였다.

쿠구구구궁!

다행히도 별다른 피해 없이 3층에 안착했으니 그들의 고생이 아주 헛된 것은 아니었다.

화수는 이곳에서 사주경계를 취하면서 잠시 휴식에 들어가도록 했다.

"이곳에서 10분간 휴식을 취한 후에 진격한다. 모두 사주경계를 하면서 체력을 보충할 수 있도록."

"예!"

이제 한 고비 넘겼지만 앞으로 또 어떤 고비가 남아 있을지는 의문이다.

*   *   *

늦은 밤, 남부 해안 방어 사령부 사령관 집무실에 불이 켜져 있다.

똑똑.

인기척에 이천임이 답했다.

"들어오게."

문을 열고 들어온 사람은 그녀의 새로운 부관인 황교진 대위였다.

척!

"충성!"

"그래, 편히 쉬게."

"감사합니다."

황교진 대위는 그녀에게 보고서를 내밀었다.

"말씀하신 장성들과 장교들에 대한 내사 보고서입니다."

"수고했네. 별다른 애로 사항은 없었나?"

"부사관들과의 자잘한 마찰이 있긴 했습니다만, 그리 큰 탈은 없었습니다."

"부사관?"

"사령부 내부에서 근무하는 부사관들이 사령관님과 저를 첩자로 보고 있어서 태도가 썩 좋지가 못했습니다. 그래서 계급으로 압박하긴 했습니다만, 역시 쉽지는 않았습니다."

"그래, 군부의 그 어떤 사람도 우리를 인정하진 않을 것이다. 한 번 불거진 의혹은 좀처럼 사그라들지 않을 테니까."

그녀는 언제나 표정이 없는 황교진 대위에게 물었다.

"이 일이 끝날 때까진 명예를 버려야 한다. 괜찮나?"

"이미 각오하고 있습니다. 그리고 저는 계급에 욕심을 내는 저들과는 다릅니다. 어차피 임무가 끝나면 국정원으로 돌아갈 텐데 그런 걱정을 할 필요가 없다고 생각합니다."

"하긴, 국정원 요원들에게 명예란 대외적으로 드러나지 않는 자기 위안 같은 것이니."

"하지만 죽어서 묘소에 들어갈 때엔 이름이 남을 겁니다. 저는 그것이면 족합니다."

황교진은 나라에 충성하는 것이 아니라 자신이 소속한 집단에 대한 충성심이 강하기 때문에 그 어떤 대접을 받아도 상관이 없다고 생각했다.

만약 그가 이런 사명감을 갖지 않았다면 진즉 그녀를 배신하고 국정원으로 돌아갔을 것이다.

이천임은 그가 가지고 온 보고서를 읽어보았다.

보고서에는 제네시스 스쿼드와 관련된 것으로 보이는 장교들에 대한 재산 상황과 주변 조사에 대한 내역이 적혀 있었다.

그녀는 보고서에서 가장 눈에 띄는 사람을 지목했다.

"부사령관?"

"예, 그렇습니다. 부사령관 태공상 준장이 가장 눈에 띄는 인물입니다. 그는 이곳에 내려와 대놓고 첩자질을 하고 다녔더군요."

"으음."

"그가 대놓고 첩자질을 하고 다닐 수 있던 이유는 아무래도 육본에 뿌리 박혀 있는 또 다른 첩자들 덕분인 것으로 보입니다."

그는 남부 해안 방어사령부의 기밀이란 기밀은 모두 빼돌리고 심지어 여고생 강간 사건에도 일부 연루되어 있었다.

일반적인 기록은 거의 다 삭제되어 찾아볼 수가 없었으나 사령부 헌병대에 남아 있는 아주 작은 기록을 토대로 끈질기게 파고들어 만들어낸 성과였다.

황교진은 그만큼 집념이 대단한 남자였다.

"태공상을 조사하게 되면 그 예하 부대의 첩자들을 솎아내는 데 한결 수월할 것이라고 생각했습니다. 그런데 재미있는 것은 이놈이 워낙 대놓고 활개를 치고 다니니 그 윗선들의 신상 명세도 줄줄이 딸려 나왔다는 점입니다."

"후후, 그렇군."

"아마 강하 신도시를 털 때쯤이면 수도 방위 사령부와 함께 끝을 맺을 수도 있을 것 같습니다."

"애당초 우리의 계획보다 일이 수월하게 풀릴 수도 있겠군."

"그런 셈이지요."

그녀는 보고서를 덮었다.

"좋아, 이제부터는 놈들을 엮어야 하니 더욱 조심스럽게 행동해야겠군."

"아무래도 쥐새끼들이 도망가지 못하게 하려면 조력자들이 필요할 것 같습니다."

"어떤 방법이 가장 좋겠나?"

"사령부 내에 금전 관련 사고를 하나 터뜨리는 것이 가장 빠르지 않나 싶습니다."

"금전 사고라……."

"지금 우리가 내사한 자료 중에서 놈들이 해먹은 돈줄 몇 개만 터뜨려도 끝입니다. 아마 기무 사령부에서 방첩단을 파견한다고 해도 할 말이 없겠지요."

"좋아, 그럼 지금 당장 실행하도록 하지."

"예, 알겠습니다."

그녀는 이제야 자리에서 일어섰다.

"그럼 나가서 국밥이나 한 그릇 먹지."

"좋습니다."

두 사람이 나가고 나서야 사령관 집무실 주변의 불이 모두 꺼졌다.

*　　　*　　　*

이른 새벽, 한강변 원효대교 아래에 중년 두 명이 밀담을 주고받고 있다.

한 남자는 검은 머리에 북유럽의 이목구비를 가졌고, 다른 한 남자는 붉은 머리에 남부 유럽의 이목구비를 가지고 있었다.

190㎝의 키에 우람한 덩치를 가진 검은 머리의 남자가 주머니에서 사과를 꺼내 한 입 베어 물었다.

꽈드드드득!

적발의 사내가 흑발의 사내에게 물었다.

"자꾸 이런 식으로 나올 겁니까?"

"우리는 그저 해야 할 일을 하는 것뿐입니다. 이 세상에 그 어떤 나라가 파멸을 원하겠습니까? 우리는 한국이 지금처럼 몬스터를 제압하고 전 세계의 치안을 담당해 주길 바라고 있을 뿐입니다."

"하지만 그것은 돈이 안 됩니다."

"세상에 돈이 전부는 아니지요."

"그렇다고 돈 없이 세상이 굴러갈 것 같습니까? 이 세상은 부를 축적한 자만이 정화할 수 있도록 설계되었습니다. 금은 세상을 굴리는 원동력입니다."

"그러나 세상의 존립은 인간이 온전히 군림하고 있을 때에 의미가 있습니다. 제아무리 막강한 부를 쌓으면 뭐 합니까? 인간이 없다면 그 모든 것이 허사일 뿐이지요."

적발의 사내는 실소를 흘렸다.

"당신도 실패한 이상주의자들과 별반 다르지가 않군요."

"…뭐요?"

"잘 한번 생각해 보십시오. 당신들이 인류를 위해서 개 발에 땀나듯이 뛰어도 결국 재화가 없으면 세력이 흩어지게 될 겁니다."

흑발의 사내는 고개를 저었다.

"그래도 이 모든 것은 인간이 존립했을 때 의미가 있는 겁니다."

"후후, 이봐요, 안토니. 당신이 생각했을 때 지금의 인류가 올바른 길로 가고 있다고 생각하십니까?"

"그게 무슨 뜻입니까?"

"잘 한번 생각해 보십시오. 인류가 지금 저지르고 있는 짓이 과연 지구에 이로울지 말입니다."

"…그렇다고 해서 그런 말도 안 되는 괴물들을 조종하여 지구를 장악하는 것이 정당화되지는 않습니다."

"뭐, 그럴 수도 있겠죠. 하지만 역사는 승자의 편입니다. 우리가 승리하면 당신들은 역사에서 사라지고 오로지 우리만이 역사에 남겠죠."

흑발의 사내 안토니는 적발의 사내 오스칼에게 사과를 건네며 말했다.

"당신들이 말하는 미래는 이 조그만 사과 하나 마음껏 먹을 수 없는 처참함입니다. 그게 과연 온전히 살아가는 미래라고 생각하십니까?"

"지구는 언제나 그랬듯 자신을 정화할 겁니다. 우리는 그 정화에 큰 밑그림을 그리는 것뿐이고요."

"…도무지 대화가 안 통하는군."

"후후, 원래 우리는 물과 기름입니다."

오스칼은 안토니에게 경고의 말을 전했다.

"다시 한 번 우리의 계획에 흙을 뿌린다면 당신이 좋아하는 그 사과, 정말로 못 먹게 될 수도 있습니다."

"뭐요?"

"이제 더 이상 사람을 죽이는 짓은 하지 않겠다는 소리입니다. 그 대신 사람에게 필요한 모든 것이 사라지게 될 겁니다. 그렇게 된다면 인류는 가장 고통스러운 방법으로 종말을 맞이하게 되겠지요."

안토니가 결국 총을 꺼내 들었다.

철컥!

"…당신만 사라지면 모든 것이 제자리로 돌아오겠지?"

"후후, 글쎄요. 내가 사라진다고 해서 우리 조직이 사라지는 것은 아닙니다. 제네시스, 우리는 새로운 창세기를 써 내려 갈 겁니다."

잠시 후, 공중에서 레이저 포인트가 내려왔다.

지이잉.

순간, 안토니가 인상을 확 찡그렸다.

"저격수……."

"당신이 그렇게 나올 것 같아서 준비를 좀 해보았습니다. 어때요? 이벤트가 마음에 들어요?"

"…언젠가는 후회하게 될 날이 올 겁니다. 반드시!"

"하하, 그거야 그때가 되어봐야 아는 것이고!"

이윽고 두 사람의 앞에 헬리콥터 한 대가 날아와 안착하였다.

오스칼은 안토니에게 알약을 하나 집어 던지며 말했다.

"이것이 당신을 생존하게 만들어줄 겁니다. 자, 이것을 만드는 데 과연 얼마나 많은 돈이 들어갈까요?"

"…이런 악마 같으니!"

"하하, 그럼 한번 잘해보세요! 당신들이 좋아하는 그 사명감으로 말입니다!"

오스칼은 이내 헬기를 타고 사라졌고, 안토니는 갑갑한 마음으로 돌아섰다.

*　　　*　　　*

제1 방공 여단 지하 3층에 야차 중대가 대열을 갖추며 수색을 펼치고 있다.

방패를 든 화수는 온통 피바다인 3층을 수색하면서 자신도 모르게 인상을 찌푸렸다.

"…이건 심해도 너무 심하군. 지하실인지 지옥인지 모르겠어."

"도대체 이해를 할 수 없습니다. 왜 이런 미친 실험을 자행하면서 목숨을 버리는 것일까요?"

"우리가 생각하는 대의와 그들이 생각하는 대의가 다른 모양이지. 원래 사상이라는 것은 무서운 것 아닌가?"

"하긴, 사상 때문에 전쟁이 나는 것이지요. 사상이 같다면 이 세상에 싸울 일이 뭐가 있겠습니까?"

"후후, 그래 맞아. 자네의 말이 맞다."

몬스터를 사냥하다 보면 이 세상의 이치에 대해서 생각하는 시간이 많아진다.

어쩌면 당연한 얘기이지만 몬스터가 창궐하고 난 이후에는 인간의 추악한 면이 여과 없이 드러나게 되었다.

그와 정반대로 인류를 위해 기꺼이 목숨을 바치는 순고한 희생정신도 많은 이의 귀감이 되었다.

이 세상에 파괴와 죽음을 창궐시킨 몬스터이지만 그와 동시에 인간에게 새로운 문명을 가져다주기도 했다.

망가진 생태계가 살아나고 고갈된 천연자원을 대체할 수

있는 소중한 원동력이 되었으니 어쩌면 몬스터는 인간이 창궐한 지구를 정화시키는 생명체라는 학설까지 생겨났다.

화수 역시 인간의 추악한 면과 숭고한 면을 두루 지켜보면서 새삼 세상에 대해서 배워 나가는 중이다.

뚜벅, 뚜벅.

부대원들의 발자국 소리가 울려 퍼지는 가운데 화수가 그 적막을 깼다.

"정지!"

"……?"

그는 고개를 갸웃거리는 대원들에게 행렬을 멈춘 이유에 대해서 설명하였다.

"…전방에 뭔가 있다."

"몇 시 방향입니까?"

"많아. 생각보다 숫자가 많아."

지금 화수의 투시 시야에는 어둠 속에 녹아들어 있는 중형 몬스터들의 모습이 보이고 있었다.

이들은 언제라도 야차 중대를 잡아먹어도 이상하지 않는 포지션으로 서 있었다.

화수는 방패를 곧추세웠다.

철컥!

"준비하라. 놈들이 곧 몰려올 것 같아."

"예!"

야차 중대는 저격수 김태하 소령을 중심으로 모여들어 재빨리 진영을 갖추어 나가기 시작했다.

김예린 중령은 지정 사수들과 함께 김재성 소령을 호위하며 두 번째 진영을 만들었다.

이제 몬스터가 밀물처럼 밀려들어도 충분히 방어할 수 있는 포지션을 선점하게 된 것이다.

화수는 긴장의 끈을 바짝 당겨 쥐었다.

"…곧 온다. 다들 긴장해."

"입감!"

잠시 후, 화수의 앞으로 오우거들이 우르르 몰려들기 시작했다.

쿠어어어어어!

"오우거?!"

"저놈들, 등짝에 뭔가 돌기 같은 것이 나 있습니다!"

"개조 오우거다! 실험을 위해 만들어졌다가 탈주한 것이 분명해!"

화수는 사자후를 터뜨려 오우거들을 일순간 기절시켜 버렸다.

"으허어어업!"

쾅!

그러자 오우거들이 잠시 비틀거리며 그 자리에 멈추어 섰다.

화수는 후방의 멀티플 런쳐와 대물 저격총에게 무차별 사격을 명령하였다.

"사격 개시!"

화르르르륵!

멀티플 런쳐의 압축 화염방사기가 불을 뿜자 오우거들이 순식간에 녹아 사라져 버렸다.

쿠워으으으으!

김태하 소령은 화염방사기의 사거리가 닿지 않는 개체들의 머리를 날려 버리면서 효과적으로 전장을 정리해 나갔다.

타앙!

푸하아아악!

피와 살이 튀는 전장이지만 대원들은 아주 침착하게 대열을 유지하면서 사주경계를 실시하였다.

대략 5분 후, 멀티플 런쳐와 대물 저격총의 활약으로 전장이 아주 깔끔하게 정리되었다.

"역시 화력에는 장사가 없군."

"포격은 진리, 화력은 전장의 꽃이라고 하지 않나?"

화수는 부대원들에게 진격을 지시하였다.

"이대로 진형을 유지하면서 전진한다."

"예, 알겠습니다."

야차 중대는 특유의 방어진을 구축한 채 천천히 전진해 나갔다.

*　　　　*　　　　*

지하 2층 입구에 도달한 화수는 투시 시야로 전방을 살며시 관찰해 보았다.

스스스스!

그런데 그의 눈에 재미있는 광경이 펼쳐졌다.

우드드득, 우드드득!

바닥에 널브러진 몬스터의 시체를 뜯어 먹는 개체가 눈에 들어온 것이다.

그는 저 개체가 바로 얼마 전에 마주친 악어 인간이라는 것을 어렵지 않게 알 수 있었다.

"저놈이다. 나에게 씻을 수 없는 굴욕을 선사한 놈이."

"말씀하신 것보다는 좀 큰 것 같습니다만?"

"그러게 말이야. 저번보다 조금 더 커졌군."

놈은 원래 몸길이 8미터가 조금 넘는 키였지만 지금은 무려 15미터가량 되는 엄청난 몸길이를 자랑하고 있었다.

화수는 놈이 식사하는 모습을 자세히 살펴보았다.

뚜둑, 뚜두두둑!

순간, 그의 표정이 와락 일그러졌다.

"저놈, 먹이를 뜯어 먹는 족족 성장하고 있어!"

"성장이요?!"

"아무래도 레비아탄이나 지그스터처럼 스스로 진화할 수 있는 DNA가 활성화되어 있는 것 같아."

"허, 허어!"

"그렇다면 레비아탄이나 지그스터도 저놈들이……?"

김예린은 고개를 저었다.

"아니야. 그건 불가능해. 아직까지 놈들은 몬스터의 DNA를 조합하여 만들어낼 수 있는 한계점을 가지고 있어. 레비아탄이나 지그스터의 경우엔 인간이 어찌할 수 없을 정도로 대단한 개체들이지."

"그렇다면 저건 뭐야?"

"아무래도 얼마 전에 우리가 잡아서 시중으로 유통시킨 몬스터의 시신에서 DNA를 채취하여 개량한 것 같아."

"제기랄, 그럼 우리가 놈들에게 아주 좋은 샘플을 제공한 셈이군."

"어쩔 수 없지. 몬스터 마트가 개방되면서 민생은 좋아졌지만 그것을 악용하는 사례가 발생했어. 어쩌면 필연적인 일인지도 몰라."

"으음……."

화수는 저놈을 잡아서 국방 과학 연구소로 가지고 가기로 마음먹었다.

　"놈들이 우리에게서 샘플을 받아 챙겼다면 우리도 저놈들의 작품을 받아 챙길 권리가 있지 않겠어?"

　"그렇긴 합니다만, 저렇게 무지막지한 놈을 어떻게 확보한단 말입니까?"

　"간단해. 저놈은 몬스터 코어를 동력으로 삼아 움직이는 놈이니 심장을 파열시키면 될 것 아닌가?"

　"아아, 그렇군요!"

　"이놈들은 생체 병기야. 엄연히 말해 팔딱팔딱 살아서 움직이는 개체는 아니라는 소리지."

　"그렇다면 일이 쉽게 풀리겠군요."

　화수가 다시 한 번 방패의 손잡이를 거머쥐었다.

　"후우, 그럼 간다!"

　방패를 엄폐물 삼아 돌격하는 화수를 따라서 야차 중대원들이 화력을 집중시켰다.

　　　　　＊　　　　　＊　　　　　＊

　서울 한강변의 유람선에서 한창 파티가 열리고 있다.

　빰빠바바밤!

낮고 경쾌한 재즈 선율이 울려 퍼지는 가운데 깔끔하고 화려한 옷을 입은 사람들이 와인을 즐기며 야경을 감상하였다.

어떤 사람들은 재즈 선율에 맞춰서 블루스를 추는가 하면 처음 보는 남녀가 만나 데이트를 즐기기도 했다.

이곳에 참석한 사람들은 대부분 정, 재계의 주축이 되는 사람들의 자제들이었다.

그러니까 재벌 2세나 3세, 혹은 명문 정치 가문의 자식들이 파티의 일원이라는 소리다.

이런 명문가 자제들 사이에서도 유난히도 무시받는 사람들이 있었다.

그들은 바로 파티를 운영하고 사람들에게 술과 음식을 서빙하는 종업원들이었다.

이러한 호화 유람선에서 파티를 즐기는 사람들이라면 응당 인성을 갖추어야 하거늘 재벌 3세들은 그렇지가 못했다.

대한민국 타이어의 명가 금와그룹의 넷째 아들 금성화가 춤을 추다가 종업원과 살짝 어깨를 부딪쳤다.

툭.

그러자 그는 자신의 손에 들고 있던 와인을 종업원의 얼굴에 확 끼얹어 버렸다.

촤락!

"이런 미친 자식이!"

"죄, 죄송합니다!"

"이런 제기랄, 여기 파티가 왜 이래? 종업원이 사람 사이를 비집고 다니면서 부딪치다니, 프랑스에선 상상도 못 할 일이라고!"

이윽고 유람선의 지배인이 달려와 그에게 꾸벅 고개를 숙였다.

"죄송합니다! 불쾌하셨다면 사죄드리겠습니다!"

"그래? 그럼 둘 다 무릎 꿇어."

지배인과 종업원은 일렬로 무릎을 꿇고 꾸벅 고개를 숙였다.

"죄송합니다! 다시는 이런 일이 없도록 조치하겠습니다!"

"홋, 당연히 그래야지."

그는 자신의 바로 옆에 있던 최고급 와인을 개봉하여 지배인과 종업원의 머리에 부었다.

쪼르르르!

"최고급 와인이야. 너희들 월급으론 테이스팅도 해볼 수 없는 물건이라고. 빈티지가 무려 100년이야. 이런 와인을 명물이라고들 부르지."

"…감사합니다!"

"하하, 고맙지? 세상에 이런 사람이 또 어디에 있겠어?"

"물론입니다! 정말 감사합니다! 으음, 향 좋다!"

금와그룹은 이 유람선의 최고 투자자이기 때문에 이들은

그가 자리에서 일어서라고 명령하기 전까진 무릎을 펼 수가 없었다.

금성화는 그런 그들을 가만히 내버려 두고 계속해서 파티를 즐겼다.

"자자, 놀자고! 이런 쓰레기들은 신경 쓸 필요 없잖아? 우리 주변에도 쓰레기통이 있으니 그것과 같다고 생각해."

"아아, 그런가?"

금성화의 친한 친구인 예성그룹의 차남 신동아가 음식물이 가득 든 접시를 그들의 머리 위에 뒤엎어 버렸다.

후두둑.

"음식이 식어서 맛이 없더라고. 하지만 이것도 최고급 요리 잖아? 7성급 호텔에서 직접 섭외한 최고의 쉐프가 만든 요리 라면서? 어때? 맛 좋아?"

"가, 감사합니다!"

"그래, 많이 먹어."

밥줄을 위해서 굴욕을 참아내고 있는 그들에게 광명그룹의 최강제가 다가왔다.

"일어나요."

"예, 예?!"

"일어나라고요. 여기 앉아서 뭐 하는 겁니까? 사람이 무슨 장난감이야?"

"하, 하지만……."

광명그룹은 명실상부한 최고의 기업 집단이니만큼 금와그룹과 예성그룹이 함부로 할 수 없는 사람들이다.

더군다나 광명자동차에 납품되는 타이어가 금와그룹에서 조달되기 때문에 금성화는 최강제에게 찍소리 할 수 없는 입장이었다.

하지만 그는 자신이 벌을 주는 사람들을 함부로 일어서라고 명령하는 최강제가 마음에 들지 않았다.

자존심이 한껏 상한 금성화가 두 종업원의 얼굴에 다시 한번 와인을 부었다.

촤락!

그는 비릿한 미소를 지었다.

"어이, 쓰레기들. 내가 일어나라고 했어?"

"아, 아닙니다!"

"이 유람선의 최대주주는 나라고. 그러니 앉아."

최강제는 다시 앉으려는 종업원들에게 물었다.

"당신들, 일자리 때문에 그래요?"

"아니요, 그런 것이 아니고……."

바로 그때, 최강제의 소꿉친구이자 이동통신사 P1그룹의 차녀 류홍란이 다가왔다.

"강제야, 지배인과 이 종업원은 유람선에서 일하는 사람들이 모두 해고당할까 봐 두려워하는 거야. 이곳이 밥줄이잖아."

"…그래?"

"이놈들, 쓰레기야. 너희들 아버지와 할아버지는 이런 식으로 회사를 경영하시나?"

순간, 금성화와 신동아가 바닥에 잔을 집어 던지며 분개하는 마음을 표출했다.

쨍그랑!

"이런 버러지 같은 연놈들이?!"

"버러지? 지금 우리더러 버러지라고 했나?"

그는 이곳에 있는 사람들에게 물었다.

"이봐, 다들 들었지? 이놈이 나에게 버러지라고 하는군. 너희들이 보기엔 누가 더 버러지 같은가?"

"…그거야 당연히 금성화와 신동아가 버러지지."

재력으로는 광명그룹을 당할 집안이 얼마 없으니 다들 꼬리를 말고 두 청년을 배척하였다.

그러자 금성화가 참지 못하고 지배인에게 주먹을 휘둘렀다.

퍼억!

"크윽!"

"이런 개자식, 너 때문에 이놈이 처맞는 거야!"

"…개새끼를 보았나?!"

금성화가 지배인을 폭행하자 참다못한 강제가 성화의 턱을 발로 후려 차버렸다.

빠악!

"크허억!"

평소에 이종격투기로 몸매 관리를 하는 강제에게 한 대 얻어맞은 성화는 그 자리에 쭉 뻗어버렸다.

그러자 유람선의 경호원들이 강제에게로 달려왔다.

"제압해!"

"예!"

강제는 경호원들에게 끌려가기보다는 두 손을 들고 악의가 없음을 표출했다.

"됐어요! 이딴 더러운 파티, 내가 나가고 말지!"

그는 돌아가는 길에 지배인과 종업원에게 명함을 건넸다.

"내일 나에게 전화해요. 꼭, 꼭 전화해요. 만약 저놈들이 밑에 있는 직원들까지 다 자르려 한다면 내가 광명호텔에 자리를 알아봐 줄게요."

"가, 감사합니다!"

최강제가 돌아서는데 금성화가 외쳤다.

"이런 씨발! 너 이 새끼, 고소할 거다!"

그러자 강제가 코웃음을 쳤다.

"훗, 해봐. 이래 봬도 경영학과 복수 전공으로 법학을 전공했고 변호사 자격증도 있다. 덤비고 싶으면 덤벼."

어려서부터 남몰래 형을 동경하던 그는 경영학과를 다니면서 부모님 몰래 법학을 복수 전공 하였다.

워낙 가족끼리 서먹하긴 했으나, 형을 동경하는 마음은 다른 동생들과 다르지 않았던 것이다.

강제는 실소를 흘렸다.

"미친놈, 어디서 법을 거론해? 어디 한번 해봐라. 이 악해 빠진 새끼 같으니."

그가 돌아서자 소꿉친구인 류홍란이 그 뒤를 따랐다.

"강제야, 같이 가!"

"그래, 너도 빨리 와. 차라리 포장마차에서 소주를 퍼마시고 말지 저게 뭐야? 그러게 애초에 내가 이런 파티는 별로 마음에 안 든다고 했잖아."

"그래도 네가 앞으로 자리를 잡는 데 도움이 될 것 같아서……."

원래 어려서부터 재계에 염증을 느끼고 있던 강제이기에 조금 더 자유롭게 살기를 원했다.

때문에 대학을 졸업하곤 곧장 전국을 떠돌아다니면서 탕아처럼 살아왔다.

하지만 강유가 실종되고 부친상까지 당하면서 어쩔 수 없이 가장 노릇을 해온 것이다.

그는 원래 체질적으로 '돈지랄'과는 거리가 먼 사람이었다.

그래서 이런 재벌 놀이엔 별로 관심이 없었다.

강제는 그녀의 손을 잡았다.

"가자. 오늘은 내가 쏜다."

"으, 응……."

그녀는 언제나 그랬듯 강제의 손에 이끌려 포장마차로 향했다.

*   *   *

다음 날 아침, 강제는 모텔에서 눈을 떴다.

"으음……."

잔뜩 술에 취해서 잠에 빠진 그는 술판 막바지에 다다라선 필름이 끊어지고 말았다.

그는 본능적으로 물을 찾았다.

하지만 물 대신 요상한 은박지 느낌이 난다.

바스락!

"…에이, 이건 또 뭐야?"

은박지 안에선 부드러우면서도 미끄러운 걸쭉한 액체가 흘러나오고 있었다.

강제는 눈살을 찌푸렸다.

"뭐야? 젤?"

한숨을 푹 내쉰 그는 또다시 옆으로 손을 뻗었다.

몽롱한 정신으로 핸드폰을 찾던 그의 손에 푹신한 무언가가 닿았다.

물컹!

순간, 그의 눈동자가 서서히 커졌다.

"어, 어어?"

바로 그때였다.

"우웅……."

부스스한 얼굴로 눈을 뜬 홍란이 강제를 바라보고 있다.

"……."

"……."

두 사람은 5분이 넘도록 아무런 말도 하지 못한 채 정적만 지키고 있었다.

실오라기 하나 걸치지 않은 차림에 개봉된 마사지 젤까지, 두 사람은 지금이 무슨 상황인지 충분히 이해할 수 있었다.

하지만 이것을 소꿉친구인 두 사람이 저질렀다는 것이 믿기지 않았다.

"저기……."

"…강제야, 밥 먹을래?"

놀랍게도 그녀가 먼저 정신을 차려 강제에게 식사를 제안했다.

"그, 그럴까?"

"나가자."

"응."

주섬주섬 옷을 챙겨 입은 두 사람이 밖으로 나가려는 바로 그때였다.

위이이이잉!

―서울시에서 알려드립니다! 지금 건물 안에 계신 주민 여러분께선 밖으로 나오지 마시고 그대로 대기하여 주십시오! 실제 상황입니다! 대기를 통하여 번지는 정체불명의 바이러스로 인해 방역 작업이 진행 중입니다! 다시 한 번 말씀 드립니다.

강제는 옷을 입다 말고 TV 전원을 켰다.

―속보입니다! 현재 대한민국에 일명 '부패 바이러스'라 불리는 공기 전염성 바이러스가 퍼지고 있습니다! 진원지는 어젯밤 한강에서 파티가 벌어진 호화 유람선으로…….

순간, 두 사람의 표정이 미묘하게 일그러졌다.

"저, 저건…….

"어제 우리가 빠져나온 유람선이잖아?"

놀라움으로 인해 두 사람의 눈동자가 서서히 떨려온다.

외전
분가

늦은 밤, 화수와 부대원들이 포장마차에서 술자리를 갖고
있다.

"원샷!"

팅!

작전을 끝낸 기념으로 갖는 술자리치곤 상당히 조촐하였으
나, 원래 화려한 것을 별로 좋아하지 않는 그들이기에 충분히
즐거워 보였다.

그중에서도 주당으로 소문이 자자한 황문식 중령과 김재성
소령이 무식하게 술을 들이켠다.

벌컥벌컥!

"크흐, 죽인다!"

"너무 빨리 마시는 것 아니야? 그러다가 1차가 끝나기도 전에 취하겠어."

"하하, 대장님, 원래 1차에서 진탕 마셔야 2차에서 술 좀 깨고 3차에서 또 놀죠."

두 사람은 오늘도 클럽에서 해가 뜰 때까지 놀 모양이다.

"자자, 2차 갈 사람은 미리 붙어!"

"오늘은 날도 딱 좋아! 금요일이라서 사람도 많지, 특근수당 받아서 주머니도 두둑하지! 어때? 다들 같이 가자고!"

몇몇 부대원이 손을 들었으나 화수는 오늘도 클럽 행은 부담스러웠다.

"난 패스."

"쩝, 어쩔 수 없지요."

화수는 주머니에서 흰색 봉투 다발을 꺼내어 부대원들에게 나누어주었다.

"청와대에서 내려온 떡값이다. 특근수당 외에 장려 수당이라고 해서 현금이 따로 나온대. 가지고 가서 마음껏 놀도록."

"오오! 감사합니다!"

주머니도 두둑하겠다, 술도 들어갔겠다, 부대원들은 신이 나서 포장마차를 나섰다.

화수는 이곳에서 한 잔 더 하고 나갈 생각이다.

하지만 그의 술자리를 방해하는 전화가 한 통 걸려왔다.

드르르륵!

슈퍼 초 울트라 꽃미녀 여친

화수는 실소를 흘렸다.

"훗, 이런 것은 또 언제 바꾸어놓았대?"

그녀의 장난에 미소가 지어졌으나, 얼마 전에 벌어진 안마방 사건 때문에 잔뜩 위축되는 화수다.

그는 전화를 받기 전에 목청부터 가다듬었다.

"크흠, 여보세요?"

전화를 받아보니 그녀가 혀 꼬부라진 소리를 냈다.

—으음, 이 나쁜 놈아!

"서, 성희 씨?"

—감히 나를 두고 한눈을 팔아?! 그 여자가 그렇게 잘해주디?!

"아, 아니요. 그러니까 저는……."

—에잇, 됐어! 나도 오늘 확 망가질 거니까 말리지 마!

뚜우—

순간, 화수는 고개를 갸웃거렸다.

"뭐야?"

잠시 후, 화수의 핸드폰으로 동영상과 사진 몇 장이 전송되었다.

사진 속에는 어두컴컴한 방에 양주병이 마구 널려 있고, 영상 속에는 시끄러운 음악 소리가 가득했다.

쿵쾅, 쿵쾅!

영상을 보는 화수의 표정이 잔뜩 일그러졌다.

"이, 이게 뭐야?"

이명 때문에 한 번 갔다가 다시는 생각조차 하지 않는 나이트클럽에 그녀가 앉아 있다니, 갑자기 배신감 같은 것이 확 밀려왔다.

그러나 그는 자신이 잘못한 것이 있기 때문에 별달리 할 말이 없었다.

"젠장."

그는 포장마차 주인에게 술을 더 주문했다.

"이모, 여기 소주 두 병 더 줘요!"

화수는 가만히 앉아서 연거푸 소주를 마셔댔다.

＊　　　　＊　　　　＊

대략 세 시간 후, 화수는 포장마차에서 일어섰다.

"후우, 그래, 이 정도면 충분히 놀았겠지?"

소주를 열 병이나 마신 화수였지만 오늘처럼 정신이 멀쩡

한 날도 없었다.

포장마차의 포장을 걷고 밖으로 나오니 때마침 비가 주룩 주룩 내리기 시작했다.

솨아아아아!

"이런 젠장, 일기예보에도 없던 비가 내리다니, 오늘만큼 처량한 날도 없을 거야."

그는 나이를 먹고 난 이후부터는 감정에 휘둘리는 날이 거의 없었는데 오늘만큼은 상당히 울적했다.

속상한 마음에 담배를 피워 문 화수에게 문자메시지가 도착했다.

딩동!

슈퍼 초 울트라 꽃미녀 여친 : 왜 우산도 없이 걸어 다녀요?

순간, 화수는 화들짝 놀라 주변을 둘러보았다.

"……?!"

그러자 저 멀리서 우산을 든 성희가 화수에게로 다가오는 것이 보인다.

화수는 그녀를 보며 어색한 미소를 지었다.

"하하, 성희 씨."

"왜 그렇게 기운이 없어요? 누가 보면 실연이라도 당한 줄 알겠네."

"쩝, 그렇게 됐습니다."

그녀는 화수에게 우산을 씌워주며 말했다.

"내가 보낸 영상을 본 거예요?"

"…네."

"그래서 이렇게 기운이 없어요?"

"뭐, 그런 셈이죠."

순간, 그녀는 키득거리기 시작했다.

"쿡쿡!"

"……?"

"설마하니 내가 정말 나이트클럽에서 망가져 논다고 생각한 거예요?"

"아깐 술에 취해서……."

화수는 자신의 곁에 있는 그녀에게서 술 냄새가 전혀 나지 않는다는 것을 이제야 깨달았다.

평소와 같은 잔잔한 꽃향기가 은은하게 풍겨나고 있으니 그는 익숙한 냄새를 당연한 것이라 여긴 것이다.

그제야 화수는 실소를 흘렸다.

"후후, 내가 무슨 생각을 한 거람?"

"쳇, 내가 누구처럼 유흥업소나 드나드는 사람으로 보였어요?"

"그, 그건 제가 말씀드렸다시피……."

그녀는 화수의 옆구리를 손으로 감쌌다.

"알아요. 당신의 동생이라는 사람에게 들었어요. 작전 중에 이혜영 소령과 함께 안마 시술소를 찾아갔다고요. 이혜영 소령도 같은 마음으로 전화를 했더라고요."

"아, 알고 있었다고요?"

"네."

"그런데 왜……."

"말을 안 했냐고요?"

화수는 고개를 끄덕였다.

그녀는 돌아서 두 팔을 쭉 뻗어 화수의 볼을 잡아 늘렸다.

"비밀!"

"…뭐예요?"

"호호, 장난이에요!"

"참, 그런 줄도 모르고 괜히 속상해했잖아요."

"미안해요. 난 화수 씨가 그렇게까지 신경 쓸 줄은 몰랐어요. 워낙 강직한 사람이라서 대수롭지 않게 넘길 줄 알았죠."

화수는 어처구니가 없다는 듯이 말했다.

"이 세상천지에 그 어떤 놈이 내 여자가 나이트클럽에서 망가져 논다는데 좋아하겠습니까?"

"으음? 그럼 왜 진즉 안 달려왔어요?"

"…성희 씨도 사회생활이라는 것이 있으니까요. 보통 나이트클럽은 무리를 이뤄서 간다고 하지 않습니까? 회식하는 줄 알았죠."

그녀는 화수의 품에 고개를 푹 파묻었다.

"바보. 내가 그랬으면 전화를 했겠어요?"

"그, 그런가?"

성희는 화수의 손을 잡고 그의 차가 있는 곳으로 향했다.

"오늘은 차를 안 타고 왔어요. 화수 씨 차 대리운전 해주려고."

"우와, 그런 서비스를 받아도 되는 겁니까?"

"여자가 이 정도는 해줘야죠. 밖에서 큰일을 하는 남자인데."

그녀는 화수의 주머니에서 스마트키를 꺼냈다.

"오늘은 우리 집에서 자고 가도 되죠? 원래 작전이 끝나면 집에서 잤잖아요."

"아아, 괜찮습니다. 두 사람 모두 지금쯤이면 자고 있을 겁니다. 내일 같이 밥이나 먹어요."

"그래요."

성희는 화수를 태워서 집으로 향했다.

*　　　*　　　*

화수가 집에 도착하자 반 조리 상태의 음식이 상다리가 부러지게 차려져 있다.

그는 20가지도 넘는 음식을 바라보며 입을 떡 벌렸다.

"우와, 이게 다 뭡니까?!"

"양이 그리 많지는 않아요. 우리 둘이 먹을 거라서 조금씩 많이 해봤어요. 어차피 화수 씨는 술 한잔할 테니 요리가 한 가지면 질리잖아요?"

그는 만족스러운 표정을 지었다.

"으음, 역시 내가 여자 하나는 잘 만났다니까!"

"헷, 그렇게 대단한 솜씨는 아니에요. 그동안 만나지도 않는 남자를 위해 갈고닦은 거라서 맛은 장담 못 해요."

"뭐, 이제는 그 남자를 만났으니 맛이 있어졌겠죠."

성희는 화수에게 깔끔하게 세탁이 된 트레이닝복을 건넸다.

"갈아입고 샤워하세요. 화수 씨가 놓고 간 옷을 세탁해 둔 것이니 편하게 입을 수 있을 거예요."

"고마워요."

"어서 씻고 나와요. 나는 상을 마저 차릴게요."

화수는 미소를 머금은 채 샤워실로 들어섰다.

그러자 아직 포장을 벗기지 않은 면도기와 남성용 세면도구가 열을 맞춰 서 있다.

그녀는 화수의 피부 타입에 맞춰서 폼클렌징을 고르고 자신이 좋아하는 향으로 샤워코롱을 선택해 두었던 것이다.

"정말 내조의 여왕이군."

평소에도 느끼고 있던 것이지만 성희는 과분하다는 생각이
들 정도로 사람을 잘 챙기는 여자였다.

만약 이런 여자와 결혼하여 산다면 무척이나 행복할 것 같
다는 생각이 들었다.

화수가 이제 막 물을 틀고 머리에 샴푸를 묻혔을 무렵, 샤
워실 문이 열리며 성희가 들어왔다.

"…같이 씻을까요?"

순간, 화수의 눈이 번뜩 뜨였다.

"허, 허억!"

"…싫어요?"

"아, 아닙니다! 조, 좋습니다!"

뿌연 수증기 사이로 보이는 그녀의 나체는 가히 환상적이었
다.

서른이 넘었음에도 불구하고 군살 하나 없는 탄탄한 몸매
와 육감적인 볼륨, 거기에 수려한 미모까지 더해지니 그야말
로 금상첨화라 할 수 있었다.

그녀는 샤워타월에 샤워코롱을 듬뿍 짜내어 거품을 냈다.

슥슥.

"내가 좋아하는 향이에요. 화수 씨 살 냄새와 비슷한 향이

거든요."

"내 살 냄새요?"

"화수 씨의 살에선 옅은 꽃향기와 산들바람의 상쾌함이 느껴져요. 전 그 냄새가 너무나도 좋아요."

아마도 화수가 화경에 오르면서부터 생겨난 진기의 냄새가 지금에 이르면서 더욱 진해진 모양이다.

그녀는 잔뜩 올라온 거품을 화수의 등에 문질렀다.

슥삭, 슥삭!

순간, 화수가 몸을 움찔거렸다.

"어머, 아파요?"

"아, 아닙니다! 그, 그게 아니고……."

그녀는 화수의 등을 슬며시 밀어주면서 말했다.

"저는 자매들끼리 자라서 남자의 등을 제대로 본 적이 한 번도 없어요. 태어나서 이렇게 우람하고 탄탄한 몸을 본 것도 처음이죠. 뭐, 남자의 몸을 실제로 본 적도 없지만."

"험험, 그래요? 그래서 이런 몸이 마음에 드십니까?"

성희는 부끄러운 듯이 말했다.

"…좋죠. 가끔은 자다가 문득문득 생각날 때도 있어요."

"헙!"

"어쩔 때는 내가 변태인가 싶기도 해요. 화수 씨도 내가 변태처럼 보여요?"

그는 고개를 저었다.

"아니요! 저도 그런 것을요!"

"네, 네?"

"아, 아니, 그러니까……."

그녀가 슬그머니 웃으며 화수에게 다가섰다.

"그러니까 화수 씨도 잠이 들 때면 내가 생각날 때가 있다는 건가요?"

"험험, 아니, 그게……."

성희는 화수를 뒤에서 와락 끌어안았다.

"기뻐요!"

미끌!

화수는 그녀의 나체가 후방에서부터 공격해 오자 다리가 풀릴 것만 같았다.

'아아……!'

가까스로 버티고 있는 화수에게 그녀가 말했다.

"사실 30대 중반이 넘은 이런 몸을 화수 씨가 좋아해 줄지 의문이었어요. 가꾼다고 가꾸었지만 예전보다 살도 많이 처지고 군살도 늘었거든요."

"…지금보다 훨씬 훌륭한 몸매였다면 도대체 어떤 몸매였단 말입니까?"

"지금도 훌륭해요?"

"당연하죠."

화수는 등을 돌려 그녀를 바라보았다.

"어머!"

그러자 살짝 화수를 올려다보는 그녀의 젖은 얼굴이 그의 눈에 들어왔다.

샤워실을 가득 채운 수증기엔 그녀의 냄새가 가득했고, 부드러우면서도 매혹적인 그녀의 눈동자는 화수를 향하고 있었다.

화수는 그녀를 와락 안았다.

"…난 운이 참 좋은 놈입니다."

"왜요?"

"이렇게 좋은 여자를 만났으니 죽어도 여한이 없습니다."

"헷, 그렇다고 죽으면 어떻게 해요? 이제야 진짜 좋아하는 남자를 만났는데 다시 혼자가 되라고요?"

"하하, 그런가요?"

그는 그녀의 얼굴을 쓰다듬었다.

"언제 어디서든 당신을 지켜드리겠습니다. 약속합니다."

"…정말요?"

"물론입니다."

"그럼 나도 항상 화수 씨를 믿고 따를게요. 그리고 당신을 존경하는 이 마음을 죽을 때까지 잊지 않을게요."

순간, 두 사람은 누가 먼저랄 것도 없이 서로의 입술을 탐하기 시작했다.

＊　　　　＊　　　　＊

샤워를 마치고 난 후, 화수와 성희는 발그레해진 얼굴로 딱 붙어 술잔을 기울였다.

그녀는 오늘 화수가 작전을 마치고 돌아온다는 소식을 듣고 안동에서 장인이 정성 들여 빚은 소주를 직접 공수해 왔다.

성희는 자신을 품에 안은 화수의 잔에 술을 따르고 자신의 잔도 채웠다.

쪼르르.

옥색 주전자에 가득 찬 술을 따른 그녀가 잔을 들었다.

"한 잔할까요?"

"좋지요."

팅!

서로 술잔을 부딪치고 난 후 그녀가 먼저 잔을 내려놓고 화수에게 안주를 건넸다.

"자, 아!"

"쩝쩝."

화수는 그녀가 건넨 것을 먹고 나서야 그 정체를 파악했다.

"장어네요?"

"스태미나에 좋다고 해서 사왔어요."

"음, 좋네요."

"참, 그리고 이것도 먹어봐요. 인삼을 넣고 푹 달인 육수에 전복을 넣고 다시 한 번 끓인 건데, 남자에게 아주 좋대요."

"그, 그래요?"

화수는 그녀가 먹여주는 전복을 입에 넣고선 차려진 상을 한번 둘러보았다.

상에는 정력과 스태미나에 좋다는 장어, 전복, 오골계, 낙지, 굴, 해삼, 흑염소 등, 남자가 먹을 수 있는 거의 모든 정력 식품이 꽉 들어차 있었다.

화수는 밥상을 비워내면서도 속으로 상당한 부담을 느꼈다.

'이야, 이건……'

그녀는 술을 마시는 동안에도 화수를 사랑스럽게 바라보며 연신 볼에 입을 맞추었다.

쪽!

"아이, 예쁘다!"

"내가 예뻐요?"

"그럼요! 잘생겼지, 몸도 좋지, 능력도 좋지, 그리고 밤일도……"

칭찬은 고래도 춤추게 한다지만 너무 과도한 칭찬은 남자를 부담스럽게 할 수도 있는 일이다.

하지만 이 모든 것에 그녀의 사랑이 깊이 묻어 있으니 화수로선 행복한 비명을 지를 뿐이다.

술을 한 잔 더 따른 그녀가 어쩐지 급하게 잔을 부딪쳤다.

"짠!"

"아, 네!"

그녀는 술잔을 부딪치자마자 술상을 살며시 옆으로 치웠다.

드르륵.

화수는 고개를 갸웃거렸다.

"으음?"

"잠깐만 이리 와봐요."

그녀는 조금 발그레해진 얼굴로 화수의 손을 잡아끌었다.

스윽.

마치 뭐에 홀린 사람처럼 그녀를 따라서 초대형 쿠션으로 다가간 화수는 자신의 바지춤을 벗기는 그녀의 손을 느꼈다.

훌렁!

순간, 화수는 적지 않게 당황했으나 침착하게 대처했다.

'벌, 벌써 한 번 더? 그래, 오래 떨어져 있었으니까 밀린 것을 다 해야지. 암, 그래야 남자지!'

남자로서의 도리(?)를 다하려던 화수는 불현듯 자신의 아랫도리에 그녀의 머리가 위치하는 것을 보았다.

  화수는 손을 쓸 겨를도 없이 그녀의 정성스러운 공략에 당하여 무방비 상태가 되었다.

  "아아!"

  잠시 후, 그녀가 화수의 표정을 살피며 말했다.

  "제가 처음이라……."

  "조, 좋아요."

  "헷, 그래요?"

  화수는 진심으로 행복감을 느꼈다.

  '인생은 아름다운 것이구나!'

  그는 이 세상 그 어떤 날보다 더욱 행복한 미소를 지었다.

                    *   *   *

  다음 날, 이른 아침부터 밥 짓는 소리가 들려온다.

  칙칙칙!

  화수는 며칠 동안 잠도 못 자고 사냥에 몰두하느라 미뤄둔 늦잠을 청하고 있었다.

  운기조식으로 육신의 피로는 밀어낼 수 있지만, 정신적인 피로는 어찌할 도리가 없었다.

한참이나 꿀잠을 자고 있던 화수의 눈이 슬그머니 떠졌다.

"으음……."

그는 아침부터 밥을 차리고 있는 그녀를 발견했다.

"성희 씨?"

"어머, 벌써 일어났어요? 조금 더 자도 괜찮은데."

"이른 아침부터 밥을 차리고 있었어요?"

"조금 오래 걸리는 밥이라서 일찍 일어났어요."

"오래 걸리는 밥이요?"

"위장에 좋은 마에 전복, 해삼을 곁들인 밥이에요. 국으로 는 사골 육수에 수소의 미자를 넣은 미자탕을 끓였어요. 해 장에도 좋고 체력에도 좋대요. 어제 술도 많이 마셨고 힘도 많이 썼으니까……."

화수는 속으로 마른침을 삼켰다.

꿀꺽!

'이러다가 기네스북 신기록을 세우는 것 아니야?'

그는 어젯밤을 하얗게 불태웠다고 생각했지만, 그녀의 입장 에선 그게 아닌 모양이다.

손가락으로 다 세기도 힘들 정도로 노력했으나 만족이라는 것은 그때그때마다 다른 법이니 이해가 가지 않는 것은 아니 다.

하지만 화수는 막상 밥상머리에 앉기가 참으로 부담스러

웠다.

'어쩔 수 없이 내공을 사용해야 하는가?'

그는 성희와의 관계에선 내공을 사용하지 않겠노라 다짐했으나, 이쯤 되면 사용하기 싫어도 저절로 튀어나올 판이다.

하지만 이런 부담감도 행복하게 느껴지는 화수였다.

반나체 차림의 화수가 자리에서 일어서자, 그녀가 영지와 인삼을 달인 물을 건넸다.

"마셔요. 숙취에 좋아요. 평소 체력 소모가 극심하니 매일 마셔야 좋대요."

"이런 것까지… 정말 뭘 어떻게 해야 할지 모르겠네요."

"헷, 당신은 그냥 지금처럼 나를 아껴주면 돼요."

영지와 인삼을 달여서 만든 이 영양수는 재료를 다듬고 달이는 데 걸리는 시간이 무려 열 시간이 넘는다.

손수 집에서 만든 이 보양식은 화수처럼 생사를 넘나드는 사람들에겐 거의 필수라고 볼 수 있었다.

그는 그녀의 정성이 가득 담긴 물을 마시곤 밥상에 앉았다.

화수는 맑고 뽀얀 국물 안에 들어 있는 원형의 고기를 바라보며 물었다.

"근데 이건 뭡니까? 신기하게 생겼네? 무슨 명란 같기도 하고."

"미자예요. 소의 거기… 를 깔끔하게 다듬고 세척한 것이죠."

순간, 화수는 화들짝 놀라며 말했다.

"수소의 미자라는 것이……."

"네, 맞아요. 제가 알아보니까 남자들이 밖에서 고된 일을 할수록 이런 정력제를 잘 챙겨야 한대요."

"아아, 그렇군요."

"그리고 스트레스를 받지 않도록 성욕도… 잘 풀어줘야 하고."

화수는 그녀가 밤새도록 들들 볶은 것이 바로 자신을 위한 것임을 깨달았다.

자신도 충분히 피곤할 것임에도 화수를 위해 시간과 정성을 할애한 그녀가 마치 천사처럼 느껴지는 화수다.

그는 갑자기 자리를 박차고 일어섰다.

드르륵!

"어, 어머?"

"잠깐만 이리 와봐요."

"화, 화수 씨?"

"한 30분쯤 늦게 먹어도 상관없겠죠?"

"어머! 또……?"

"그냥 지나칠 수가 없군요. 참, 당신이란 여자는……."

아름다운 외모보다 더 아름다운 그녀의 마음씨가 화수의 가슴에 불을 질렀다.

　　　　　*　　　　*　　　　*

　그날 오후, 두 사람은 화수네 남매와 조금 늦은 점심을 함께했다.

　지수와 희수는 미모의 재원인 성희를 상당히 마음에 들어 하는 편인데, 화수는 그 때문에 매일 들기름 볶듯이 달달 볶이곤 했다.

　자매는 무척이나 수척해진 화수와 성희를 바라보며 고개를 갸웃거렸다.

　"어라? 두 사람 모두 많이 피곤한가 봐?"

　"네, 네?!"

　"화수야, 성희 씨가 요즘 많이 힘든가 봐. 피부는 저번보다 훨씬 좋아졌는데 눈이 약간 풀린 것 같은데?"

　"제, 제가요?"

　"맞아. 언니 요즘 들어 미모에 아주 물이 올랐어요. 피부도 더 하얘졌고 표정도 확 피었고요. 그런데 오늘따라 눈이 약간 흐리멍덩하네?"

　"오호호, 기분 탓이겠죠."

　지수는 화수를 바라보며 물었다.

　"그런데 너는 얼굴이 왜 그 모양이야?"

　"뭐, 뭐가?"

"너도 피부가 아주 뽀얗다 못해서 보들보들해졌는데, 눈알이 무슨 썩은 동태처럼 그래?"

"…동생한테 썩은 동태가 뭐야? 요즘 좀 못 봤다고 많이 까칠해졌군."

희수는 고개를 쭉 빼서 화수와 성희를 번갈아 보았다.

"으음."

"왜, 왜 그래?"

그녀는 슬그머니 미소를 지었다.

"이 사람들이… 그러다가 뼈 삭아."

"뭐, 뭘?!"

"본인들이 더 잘 알걸?"

"험험! 어린것이 못 하는 소리가 없네!"

"흐흐, 나도 알 것은 다 알아. 아무리 좋아도 그렇지, 그렇게 눈이 풀릴 때까지……."

"크, 크흠!"

지수는 그제야 알 것 같다는 표정을 지었다.

"후후, 한창 좋을 때지."

"어, 어머, 언니도 참……."

"뭐, 보기는 좋네."

그녀는 식사를 하는 두 사람에게 물었다.

"그런데 있잖아, 두 사람은 지금 이 생활이 편해?"

"그게 무슨 소리야?"

"매일 가정을 돌본다고 집에 들어오지만, 그렇다고 집안이 더 나아지는 것은 아니거든."

"누나, 무슨 소리가 하고 싶은데?"

"화수야, 이젠 우리가 따로 살아야 할 때가 왔다는 소리야."

그는 당황한 기색이 역력했다.

"뭐, 뭐? 그게 무슨 소리야? 따로 살다니?"

"이젠 희수도 몸이 거의 다 나았잖아. 병원에서도 거의 완치되었다고 하고."

"……."

화수가 없는 시간을 쪼개어 집에 들어간 것은 동생에게 조금씩 진기를 나누어 주어 병세를 호전시키기 위함이었다.

그녀의 내가진기는 이제 병마를 몰아내고 스스로 자립할 수 있을 정도의 건강 상태를 되찾아주었다.

화수 본인이 생각하기에도 이젠 더 이상 굳이 자신이 필요한 단계는 지났다고 생각했다.

"이만하면 많이 했어. 이젠 희수도 곧 대학을 가니 우린 이만 시내 가까운 곳으로 이사할게. 넌 유성에서 자운대가 가깝지만 희수는 늦은 밤까지 공부하자면 유성에선 좀 힘들어. 학원도 중구에 있고."

"으음."

"난 애가 대학 갈 때까진 시집갈 예정이 없으니 적적하지 않고 좋겠지. 안 그래?"

그는 지수의 말에 전적으로 동의했으나 뭔가 가슴 한구석이 헛헛해지는 것을 느꼈다.

"뭐, 누나의 말이 맞긴 하지만 좀 섭섭하네."

"훗, 섭섭하긴. 이만하면 많이 살았지. 네가 우리 때문에 바쁜 시간 쪼개서 돌아다니는 것도 조금 보기 힘들어. 차라리 같이 안 살면 마음이 편할 것 아니야?"

"그건 그렇지만……."

지수가 성희를 바라보며 물었다.

"앞으로 성희 씨가 화수를 좀 잘 챙겨줘요. 아무래도 남매보단 연인이 낫겠지."

"그럴게요."

화수는 지수와 희수의 결정에 따를 수밖에 없게 되었다.

"…그럼 집은?"

"이미 알아봤어. 희수네 학교에서 버스로 20분쯤 걸리지만 학원 바로 옆이라서 좋아. 주변에 파출소도 네 개나 있어서 오가는 길도 안전하고."

"으음, 그렇지. 지금 우리 동네는 치안이 별로 좋지 않지."

"아무튼 서운해하지 말고 현실적으로 생각하자고. 알겠지?"

"훗, 뭐 이런 것을 가지고."

못내 서운한 마음을 지울 수 없는 화수였지만 현실은 현실이었다.

*   *   *

며칠 후, 화수네 집이 텅텅 비었다.

화수는 텅 빈 집을 이리저리 돌아다니면서 헛헛한 마음을 달랬다.

"흐음……."

가만히 방을 서성이고 있는 화수의 귀에 초인종 소리가 들린다.

딩동!

그는 반사적으로 초인종으로 다가가 수화기를 들었다.

"네, 누구세요?"

─화수 씨, 저 왔어요.

"성희 씨?"

화수가 문을 열자 짐을 한 보따리 싸가지고 온 성희가 보인다.

"어, 어라? 무슨 짐을 이렇게나 많이……."

"화수 씨 내조하려고요."

"여, 여기서 살겠다고요?"

"…왜요? 안 되나요?"

"아니요! 절대로 되지요! 되고 말고요!"

"훗, 그렇게까지 기뻐할 것은 없는데……"

그녀는 화수네 집에 짐을 들여놓으며 말했다.

"내가 살던 집은 전세를 주고 이곳으로 들어오기로 했어요. 어때요?"

"좋군요. 안 그래도 내가 먼저 말을 해보려 했는데……"

"사람들이 동거하는 사이라고 조금 수군거리긴 하겠지만, 그래도 화수 씨를 내가 챙겨주려면 이 방법이 가장 좋을 것 같더라고요. 무엇보다 회사도 가깝고."

"괜찮겠어요?"

성희는 싱그러운 미소를 지었다.

"어차피 화수 씨가 나를 책임지면 되잖아요?"

"하하, 그건 걱정하지 마세요. 하늘이 두 쪽 나도 지킬 테니까."

두 사람은 알콩달콩 짐을 옮겨 빈 방을 채워 나갔다.

『현대 천마록』 8권에 계속…

초대형 24시 만화방

신간 100%, 샤워실, 흡연실, 수면실(침대석), 커플석, 세탁기 완비

■ 시흥 정왕25시점 ■

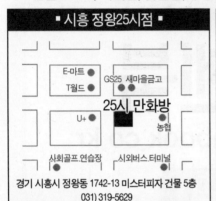

경기 시흥시 정왕동 1742-13 미스터피자 건물 5층
031) 319-5629

■ 강북 노원역점 ■

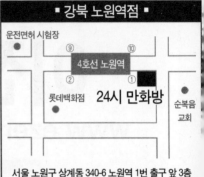

서울 노원구 상계동 340-6 노원역 1번 출구 앞 3층
02) 951-8324 (화용빌딩 3층)

■ 일산 정발산역점 ■

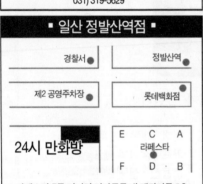

라페스타 E동 건너편 먹자골목 내 객잔건물 5층
031) 914-1957

■ 일산 화정역점 ■

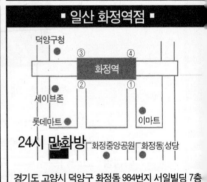

경기도 고양시 덕양구 화정동 984번지 서일빌딩 7층
031) 979-4874 (서일사우나 건물 7층)

■ 부천 역곡역점 ■

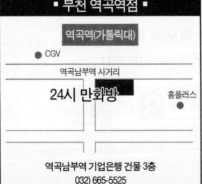

역곡남부역 기업은행 건물 3층
032) 665-5525

■ 부평역점 ■

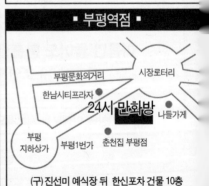

(구) 진선미 예식장 뒤 한신포차 건물 10층
032) 522-2871

GRAND SLAM

FUSION FANTASTIC STORY

자미소 장편소설

그랜드슬램

2016년의 대미를 장식할 최고의 스포츠 소설!!

Career record : 984W 26L
Career titles : 95
Highest ranking : No.1(387weeks)
Grand Slam Singles results : 23W
Paralympic medal record : Singles Gold(2012, 2016)

약 십 년여를 세계 최고로 군림한 천재 테니스 선수.
경기 내내 그의 몸을 지탱하고 있는 것은…… 휠체어였다.

『그랜드슬램』

휠체어 테니스계의 신, 이영석(32).
그는 정상의 자리에서도 끝없는 갈망에 사로잡혀 있었다.

"걷고 싶다, 뛰고 싶다. …날고 싶다!!"

**뛸 수 없던 천재 테니스 선수
그에게, 날개가 달렸다!!!**

Book Publishing CHUNGEORAM

유행이 아닌 자유추구 -
WWW.chungeoram.com

GAME BALL

게임볼 설경구 장편소설
FUSION FANTASTIC STORY

무명의 야구인이었던 남자,
우진이 펼치는 야구 감독으로서의 화려한 일대기!

『게임볼』

"이 멤버로 우승을 시키라고?"

가상 야구 게임,
게임볼을 통해 인생 역전을 꿈꾸는

한 남자의 뜨거운 행보에 주목하라!

Book Publishing CHUNGEORAM